O homem delicado

Autor Lino de Albergaria
Revisão Luiz Morando
Projeto gráfico e diagramação Caroline Gischewski
Editores Alencar Perdigão
Cláudia Masini
Luciana Tanure
Thásia de Medeiros

Catalogação na Publicação (CIP)

A329

Albergaria, Lino de
O homem delicado / Lino de Albergaria. - Belo Horizonte : Quixote+Do Editoras Associadas, 2019.
204 p.

ISBN 978-85-66256-50-5

1. Ficção brasileira. I. Título.

CDD B869.3

Bibliotecária responsável Fernanda Gomes de Souza CRB-6/2472

Quixote+Do Editoras Associadas
www.quixote-do.com.br
Rua Fernandes Tourinho, 274
Belo Horizonte, MG, Brasil
Tel: (31) 3227.3077

O homem delicado

Lino de Albergaria

EDITORAS ASSOCIADAS

O leque que se desdobra poderá abrir-se cada vez mais depressa e mesmo instantaneamente: ele mostrará sempre o mesmo desenho já inscrito na seda.
(Henri Bergson)

Sumário

O filme da minha vida

Meu caminho é sem marcos nem paisagens.
E como o conheces? – me perguntarão.
– Por não ter palavras, por não ter imagens.
(Cecília Meireles)

O suposto filme da minha vida

Quem se vê no limite entre a vida e a morte repassaria, como se assistisse a um filme, as cenas mais determinantes de sua existência. Muitas vezes ouvi e li sobre isso.

Voltam à consciência episódios filtrados das experiências banais e repetitivas que resumem nossas vidas. É uma pena que aconteceria uma única vez, provavelmente tarde demais. Quando tudo está por um fio, não há tempo para entender o que fizemos.

Existe, contudo, outra possibilidade de encarar o momento, quando buscamos sua antecipação. Ainda longe dos instantes críticos, podemos recuperar imagens enganosamente esquecidas.

Pode-se fazer um registro escrito, se possível detalhado e cuidadoso, dessas reminiscências, muitas perturbadoras, outras compensadoras e bastante reconfortantes.

Escrevendo sobre elas, recuperamos impressões e reflexões antes que evanesçam. Tentamos entender os personagens que nos tornamos. Revivemos acontecimentos, mesmo que certos detalhes, ao ressurgirem, se mostrem constrangedores.

Manipulando meu estoque de recordações, a partir das cenas que retornam, imagino poder recontar minha vida com alguma coerência, atento ao peso que vão ganhando coisas aleatórias, atos à primeira vista fortuitos.

Se não puder esclarecer qual é de fato minha função no interior de minha história, posso abordar a importância de outros personagens ou reconhecer pequenos significados em minha exposição aos efeitos do tempo e às oportunidades do acaso.

Enfim, o filme precoce da minha vida ou o filme que eu gostaria de controlar sua montagem pode acontecer se simplesmente me disponho a abordar imagens que tendem a se destacar da profusão de minhas lembranças.

O ambiente que escolhi explorar corre o risco de se perder num limbo ou ser capturado por um infinito túnel de espelhos, quando me verei refazendo caminhos que não são mais os mesmos, pois nada é igual ao que já foi. Ainda assim, acho que vale o esforço.

Definindo o começo

Imaginando meu confronto com as cenas do filme de minha vida, poderia me ver diante de uma tela branca, aguardando o início da apresentação.

Estaria, então, entre os frequentadores de um cinema tradicional, o ambiente à nossa volta escurecendo. Ninguém, a princípio, olharia para mim, mesmo se alguns da plateia soubessem que se encontrava entre eles o personagem central do filme.

Mas logo desisto desse começo, na verdade apenas uma forma mais sugestiva para aludir ao texto escrito à espera de seus leitores. Não dá para logo me misturar a um grupo ou a uma pequena multidão, se vou, antes de tudo, exibir minha intimidade. Não preciso entrar em cinema nenhum, quando só quero recriar um filme com seu enredo ainda acontecendo. Vou me limitar a montar a história, isolado de qualquer pessoa e sem me apressar.

Basta editar as imagens, sem depender de um roteiro prévio e indiferente à reação de eventuais leitores ou espectadores. Mas, ao me deixar levar pelas recordações, terei muita companhia. Tantos voltarão, em busca de entendimento e desafiando meus afetos, alguns resistindo ao meu desprezo. Só não precisam estar sentados por perto e assistindo ao filme comigo.

O filme simulado de minha vida não deverá ser comandado por ressentimentos. Não tenho motivos para me vingar de algum antagonista, nem quero tripudiar de minha época ou da cidade e do país que me impuseram seus cenários.

O filme, ou melhor, o livro de minha vida vai começar quando e do jeito que quiser. Eu não vou apenas assistir, tenho que intervir bastante para criar algo que se sustente, sem o risco de se desmantelar ou se esgarçar.

Que comece, então, como dispuser o acaso. Para me pôr mais à vontade, posso recorrer a um artifício, uma velha técnica de relaxamento.

Fecho os olhos e permaneço quieto à espera de um fio solto do impreciso novelo. Só quero uma cena inicial para puxar o restante do enredo. Basta desentocar a primeira lembrança.

Pouco a pouco, como se estivesse prestes a dormir, vou percebendo camadas diferentes de sons. Um alarido entrecortado que se forma bem longe vai se tornando quase uma balbúrdia. Vozes escapam de épocas diferentes. No intervalo, um ou dois latidos. Será de um animal a primeira intromissão na minha história? Mas o silêncio, enfim, se impõe, se é silêncio esse rumor muito baixo, contínuo e indiferenciado.

Quebra-cabeças

Chega o momento de entreabrir os olhos. Em alguns instantes, recupero a memória de uma cena inteira, o impulso que preciso para desatar minha história.

Um quarto com móveis para crianças, que dois irmãos partilham. Um deles sou eu. Como se estivesse me vendo pelo vidro de uma janela, posso acompanhar o que acontece ali, mesmo que a superfície se embace às vezes.

Bruno e eu não costumávamos brigar. Geralmente, éramos bons companheiros e dividíamos bem nossos brinquedos. Gostávamos de montar quebra-cabeças, deitados no chão de nosso quarto, as peças espalhadas no tapete, ou, se não eram muitas, sobre uma das camas, quando, então, ficávamos de joelhos em torno dela.

As camas tinham colchas coloridas, já não recordo se os tons eram iguais. Mas posso reviver nossa concentração, cada um do lado daquela cama, com o mesmo interesse e empenho, montando a figura até que todas as partes se encaixassem. É claro que os detalhes hoje me escapam, não sei exatamente como eram os focinhos ou as orelhas de cada cachorro.

Eram três cães bem diferentes na raça, na cor do pelo, no formato das orelhas. Cada um de um tamanho. Não posso dizer qual deles era cinzento, qual era marrom, qual era preto. Os três tinham o mesmo olhar curioso e espantado, apertavam suas caras que passavam por um buraco aberto numa parede e pareciam espiar dentro de nosso quarto.

Estariam, na minha imaginação, intrigados com os gêmeos Bruno e Lauro, que acabavam de conhecer. Felizmente, não me deram o nome de Breno, e, apesar de nosso tamanho continuar idêntico, éramos diferentes, principalmente nos traços do rosto.

Nunca pudemos confundir as pessoas, nunca conseguimos passar um pelo outro. Havia quem duvidasse de que tivéssemos nascido no mesmo dia, com pouco tempo de diferença. Eu nasci primeiro, mas esse detalhe nunca permitiu que me sentisse uma espécie de primogênito.

Os três cachorrinhos, tão solidários, olhando pelo buraco, provavelmente brigariam por território na vida real. Lauro e Bruno pouco brigavam. É que tinha cada um seu território interno, tão dessemelhante quanto os detalhes do rosto.

O olhar igual de cada cão tão diverso me intrigava. Porque eu entendia que olhavam para nós, às vezes gêmeos, às vezes não. Nós que montamos juntos, até encaixar o último recorte, essa imagem que nos dirigia, na impressão que me ficou, um tríplice olhar de assombro.

O quadro pode ser congelado, a imagem recua. Aos poucos, outra se forma. Basta esperar que surjam sem atropelos, uma por uma. E as cenas soltas de minha história vão poder se suceder mais facilmente.

Fora do chão

Uma forma redonda e clara, com manchas na superfície, vai se firmando. É a fotomontagem de uma revista, na única página que me atrai.

Ela mostra um dos muitos planetas semelhantes ao nosso, em seu giro em volta de uma estrela semelhante ao Sol. Significa uma remota e praticamente inalcançável chance de vida no espaço, assim como outras que os astrônomos perseguem com os possantes instrumentos com que se dedicam a bisbilhotar o universo.

Ainda tenho uma espécie de calafrio ao pensar em outras humanidades presentes no vasto céu que nos envolve. Não sei dizer por que tendo a acreditar em mundos melhores, habitados por mentes e espíritos generosos. Evidentemente, nada impede que possam também existir planetas com raças ainda mais miseráveis do que a nossa. Mas haveria a possibilidade de mundos mais refinados onde vicejariam forças mais sutis, talvez angélicas, imunes à nossa maneira primitiva e predatória de sobrevivência.

Quando criança, impressionava-me o triângulo representando o olho de Deus, sempre pintado entre nuvens e esparramando luz. Não gostava do retrato de Deus ancião de barbas brancas. Não tinha coragem para admitir que Deus não devia nem podia parecer com os homens. Mas um olho era fácil aceitar. Não me preocupava o olho do espião a nos vigiar eternamente. Um olho divino, preferia crer, é capaz de perceber beleza, grandiosidade e mistério, indo além dos limites da noite e do dia. Um olho sozinho, sem seu par. Que não temia a solidão e se punha além das divisões. Olho que não olhava para mim nem para ninguém em especial, mas marcava uma presença avassaladora. E morava no céu, cercado de nuvens e vapores.

Nunca falei com Bruno sobre o triângulo que via naquelas reproduções, e tanto apreciava. Ele não me dava espaço, com seu desinteresse. Éramos já adolescentes quando me chocou:

– Deus não existe, Lauro.

Como ele poderia viver com essa certeza? Eu me senti horrível por meu irmão, privado por si mesmo da eternidade, atributo de Deus. Nossa existência se resumiria aos fatos de cada dia, a gente durando por um tempo aproximado.

Eu sempre gostei das noites e das estrelas e também dos dias nascendo e vencendo a madrugada. Também ficava mais sensível quando havia lua cheia, com sua claridade difusa. Bruno, sem se importar com os enigmas da noite, olhava os dias de frente. E se conformava em morrer, aceitando, na sequência, o vazio indiferente e definitivo.

Nunca iria sonhar com aventuras espaciais, nem astronautas seriam seus heróis. Não iria reverenciar um telescópio. Sabia que do outro lado do horizonte havia outro continente. Bastava reconhecer que nosso planeta era redondo e nossa aventura se desenrolava dentro de seus limites.

Meu irmão iria, sem dúvida, achar coisas diferentes nessa revista para chamar sua atenção. Ele se interessava por política e cada desentendimento entre os grupos humanos. Gostava de acompanhar as disputas, os jogos pelo poder. Era capaz de discutir ideias. Eu nunca fui. Preferia cinema ou poesia. Cinema sempre me arrebatou. Ele também gostava, de um jeito diferente, mais preso aos enredos. Desde muito cedo, prefiro as imagens, a música, tudo que me afasta do chão.

Vestido na vitrine

Sempre olhei primeiro o rosto, para depois me surpreender com o corpo. Meus instintos vieram à tona ao mesmo tempo em que me intrigavam algumas experiências alheias à minha rotina.

Nina. Tenho a certeza de que foi ela quem me conquistou. Tinha chegado a uma idade em que precisava de uma namorada. Ela, sem dúvida, parecia muito adequada. Desenvolta, bem-informada, já tinha acesso a inovações que surgiam pela cidade e nos mudavam os hábitos. Com mais iniciativa do que eu, um dia segurou minha mão e não largou.

Nós fazíamos ioga com o mesmo professor, Nina há mais tempo do que eu. Não comia carne, a não ser peixe, e me fez experimentar uma dieta japonesa à base de arroz integral, macrobiótica. Começou a fazer minha cabeça, iniciando-me em coisas que já me atraíam. Só que eu pretendia uma aproximação física. Ela, no entanto, controlava minha ansiedade.

Depois de um almoço macrobiótico, satisfeito por ter aprendido a manejar os *hashis*, mas estranhando o gosto da alga e a falta de sabor da bardana, entrei, sozinho, numa lanchonete e pedi uma coxinha. Meu corpo já brigava com as pretensões da alma.

Foi ela, de outra vez, quem parou diante da vitrine, sem dúvida interessada em outra mercadoria. Meus olhos se fixaram num único ponto. Um manequim sem cabeça usava um vestido preto muito curto, com decote e sem mangas.

– Vai ficar bem em você – eu disse.

– Qual?

– O preto.

– Ficou louco?

– Por quê?

– Olha o tamanho da saia. Você vai querer ver todo mundo olhando para minhas pernas?

Não respondi, pois tinha imaginado que ela usaria o vestido para mim.

– E depois nunca vestiria preto no verão.

– Usaria qual cor?

– Branco.

Então começou a falar da teoria das cores que procurava seguir. Cores escuras, principalmente o preto, atraíam vibrações mais densas. O branco era luz e pureza, por isso as noivas se casavam de branco. Mas a cor que ela preferia era o violeta e sua variante lilás.

Imaginei que Nina usaria uma calcinha branca. Vermelha, nunca. Mas eu também acho muito vulgar qualquer *lingerie* vermelha.

Do outro lado do vidro, o vestido abraçava o corpo sem cabeça. Era um corpo de um bege amarelado, inclusive as pernas, finas como as pernas dos outros manequins.

Nina me puxou para a gente continuar nosso caminho. Usava uma saia comprida de algodão indiano. Eu me demorei para atravessar a rua, e ela prosseguiu na minha frente. O sol incidia sobre seus movimentos. O algodão indiano era leve e expunha uma interessante transparência.

Onde ele está?

A sensação de estar sozinho parece que só conheci quando se esqueceram de mim. Na verdade, fiquei por perto da moça que trabalhava em nossa casa. Ela não era de conversar muito, e já não sei seu nome. Só tenho certeza de que não era a Penha, que permaneceu muito mais tempo conosco e, por coincidência, também não era das mais falantes.

Então ela não me avisou de nada, se é que me tinham mandado algum recado. Nosso quebra-cabeça, até então o mais complicado, ainda estava incompleto e em vão procurei meu parceiro. Bati na porta do banheiro, iludido por ela estar fechada. Quando resolvi abrir, não tinha ninguém.

– Cadê você, Bruno?

Minha mãe poderia dizer onde ele estava, mas ela mesma não era achada nos quartos, nem na sala, nem no pequeno quintal de nossa casa. Na cozinha, só aquela mulher calada e que, além de perder o nome, também perdeu definitivamente o rosto.

Perguntei a ela onde estavam meu irmão e minha mãe. Com displicência, me avisou que Lídia tinha levado o outro filho ao médico.

Entendi que o corpo dele era diferente do meu, meu irmão podia adoecer sozinho. Só não devia desaparecer junto com nossa mãe. A falta do pai eu não estranhava. Estava trabalhando naquela hora. Minha mãe também tinha seu trabalho, mas o horário dela coincidia com o de nossa escolinha.

É a primeira vez que me lembro de não ter alguém por perto, a não ser um vulto já varrendo o tapete e em seguida se dissolvendo. Quando voltei para o quarto, imaginei que, por uma espécie de vingança pelo súbito abandono, eu poderia terminar de armar nosso quebra-cabeça sem ele.

Enquanto me concentrava na tarefa, não pensava mais em como me chateava o fato de ter de brincar sozinho. Devo ter demorado, mas consegui. Não recordo qual cena teria se revelado, escondida na mesma nuvem que me borra as feições da moça que perambulava pela casa.

Aprendi que não precisava de um outro para brincar comigo quando eu tivesse vontade. Mas na hora em que reconheci as vozes de Lídia e Bruno na sala, retirei rapidamente as peças que tinha encaixado sozinho.

Ele não precisava saber que eu era capaz de chegar ao fim por mim mesmo. Também não era conveniente que descobrisse que um dia eu poderia abandoná-lo. Fiquei triste depois. Não queria abandonar Bruno, mas sabia que, mesmo se não fosse por vontade dele, algum motivo sem muita explicação poderia nos separar.

Entretanto, cuidei, através dos anos, para que nunca nos distanciássemos muito.

O desenho da nuca

Meu pai, se o procuro nas lembranças mais antigas, quase não tem rosto, assim como a mulher que varria o tapete. Embora me impacte mais o seio de minha mãe, pela duvidosa impressão de poder recuperar a sensação de sugá-lo, seu rosto e seu olhar nunca se apagaram.

Sei que a memória é traiçoeira, facilmente contaminada pela imaginação. Se é real ou não, uma lembrança me intriga não sei a partir de quando. Lídia olha para mim, pendurado em seu seio esquerdo, depois desvia o olhar para Bruno, que, inquieto, tenta agarrar o seio direito.

Cachorrinhos ou leitõezinhos mamando me atraíam a atenção e ao mesmo tempo me exasperavam, ao ver os puxões sôfregos com que sorviam o leite de suas mães. Devo ter passado pela mesma competição, na devoração do leite que me mantinha vivo.

O olhar de Lídia era um olhar resignado. É toda a certeza que posso ter. Eu não sabia ler nele uma expressão de amor, mas posso lhe atribuir um carinho quase abstrato.

Tanto eu quanto meu irmão adorávamos seu colo, mas Bruno aprendeu a se divertir antes de mim com os ombros, as costas e o pescoço de meu pai, que nos permitia escalá-los. Por isso, mais que do rosto ou do olhar dele, eu me lembro da nuca, principalmente quando ele cortava o cabelo e uma linha bem reta surgia entre a pele e o couro cabeludo. Não chegavam a ser pretos, mas então eram escuros os cabelos de Francisco.

As duas lembranças são como relâmpagos, uma luz que surpreende e logo se apaga. A mamadeira substituiu o peito de Lídia. Francisco deve ter achado que começamos a pesar ou lhe provocávamos desconforto na coluna. Pela vida toda, ele se queixaria da coluna, ainda mais do que hoje eu me queixo da minha.

Não tenho quase memórias táteis nem gustativas. Penso que não vou conseguir recuperar a sensação dos dias em que era amamentado. Assim como perdi o gosto do conteúdo dos seios, não sei se havia calor na pele que os recobria ou se eram sedosos ou ásperos os cabelos acima da nuca recortada de meu pai.

Meus primeiros tempos se parecem a uma coleção de figurinhas embaralhadas. Elas não parecem repetidas, mas algumas, depois de mal coladas no álbum, se desprenderam do papel e simplesmente sumiram.

Só acho curioso que as figurinhas dos álbuns de minha infância, que realmente procuramos completar, não têm a força nem o colorido das peças de nossos quebra-cabeças. Ao refletir nisso, entendo. Era fácil demais lidar com elas, não exigiam muito raciocínio. Tinham seu lugar na página já delimitado. Mesmo que os quebra-cabeças estampassem um modelo na tampa do jogo, era um desafio colocar a peça, tão parecida com outras, na posição certa.

Geografia

Estamos cercados de gente da mesma idade nossa. O início de uma aula. Vejo, fascinado, o que o homem está fazendo. Ele vai nos revelar uma surpresa. Planisfério físico e planisfério político. O professor tinha dois mapas quase iguais, que trouxe enrolados, dois canudos compridos, e, puxando uma cordinha, os desdobrou, um após o outro, diante da turma.

Bruno e eu tínhamos voltado a frequentar a mesma sala. Na escola anterior, que sucedeu a escolinha exclusiva para bebês, existia uma regra que nos isolava um do outro, pois alguém cheio de ideias estabeleceu que gêmeos precisavam de experiências e socialização individualizadas. Nós não gostamos da separação forçada, mas minha mãe, influenciada por revistas e novidades, passou a acreditar na pedagogia. Foi meu pai quem nos fez mudar de escola, pressionado por uma questão financeira. A mensalidade da primeira era mais cara, sem desconto nenhum para irmãos.

Um pouco apertada e com muitos alunos, a sala apresentava uma disposição em que duas carteiras bem juntas eram separadas das outras por corredores entre mais carteiras emparelhadas.

Não ousamos nos sentar tão perto, afinal o policiamento na escola anterior ainda agia sobre nosso comportamento. Assim, nossas cadeiras não se encostavam, mas só um corredor nos afastava. Cada um tinha outro colega mais próximo.

Eu não entendi o mapa, achava estranho o planeta redondo virar aquela coisa achatada e quadriculada. Longitude, latitude, meridianos, paralelos. Os nomes iam sendo explicados pelo nosso professor. Mas, daquela vez, só percebi que o planisfério físico dividia a parte de terra em continentes, e o político em países, esse muito retalhado e com cores as mais variadas.

A área maior do planeta é constituída de oceanos, pintados igualmente de azul nos dois desenhos. Certa porção, de contornos amarelados lá no fim, também não mudava. Era a Antártida e parecia que tinham amputado sua parte inferior. Os outros continentes tinham formas espichadas e com reentrâncias. Na Antártida só a parte de cima repetia essas formas, embaixo parecia que tinham lhe passado uma régua.

Meu irmão olhava para aquilo com muito mais interesse do que eu. Em casa, abriu o atlas que tinha sido comprado por minha mãe, item de nossa lista de material escolar. Ele me chamou para examinar o conteúdo com ele, quase a mesma coisa que os quebra-cabeças que não montávamos mais.

Passando as páginas, vimos outros mapas físicos, mas esses representavam o relevo das diversas regiões com as mesmas cores, as planícies inevitavelmente verdes. O marrom das montanhas sempre mais forte que o bege dos planaltos. Os rios, linhas azuis se dirigindo para o outro azul que tudo cercava.

Descobrimos mais um jeito de ver a Antártida desenhada, dessa vez completa e lembrando a Austrália invertida. Bruno já sabia que, além de gelado, era um continente praticamente deserto. Mas não soube me responder por que o planisfério físico do professor de geografia mostrava o mundo dividido em continentes e não por rios e montanhas. Nunca tivemos como questionar quem poderia nos explicar, mesmo porque os planisférios não voltaram a frequentar as aulas daquela matéria. Era só um modo de nos apresentar uma visão da Terra ao mesmo tempo muito ordenada, precisa, artificial.

– Esses mapas só podem ter sido inventados pelos ingleses – Bruno logo concluiu.

E me explicou por quê. A Grã-Bretanha não apenas ficava no centro dos desenhos como o meridiano zero estava sobre seu território, determinando o que seria oeste ou leste.

Consegui parar de olhar para a Antártida e me interessei por uma ilha solitária entre a América do Sul e a África, que tinha o nome de um homem, Tristão da Cunha. Mas minha descoberta era insignificante para ele.

Ele, nitidamente, preferia a geografia política à física. Passava as páginas e parava nos mapas que tornavam os países maiores, com uma indicação de que a escala tinha sido alterada. Para mim era como no cinema, quando a câmara se aproxima e amplia os objetos.

O dedo de meu irmão me mostrou que havia duas Alemanhas e duas Coreias. Uma Alemanha era federal, a outra democrática. As Coreias, do norte e do sul. Bruno sabia inferir mais coisas do que eu daqueles desenhos abstratos, mas evocando o real, cheios de informações e convenções.

A Coreia continua sendo uma dupla, mas a Alemanha se reunificou. Anos mais tarde, pela televisão, vi pessoas derrubando o muro de Berlim. Já podiam, depois disso, passar para o outro lado. Antes, quem fugia, tentando escalar o muro, poderia ser fuzilado pelo exército democrático. Pouco depois, muitos mapas tiveram de ser jogados fora. O país que parecia o maior do mundo, identificado como União Soviética, deixava de existir, dando lugar a uma Rússia grande e muitos outros países menores, alguns com nomes muito estranhos e terminados em ão. Fora isso, a Alemanha perdeu, além do muro, a fronteira que a dividia em duas.

Bruno, que tinha simpatia pelos russos, lamentou:

– Os americanos ganharam. Nem precisaram de outra guerra.

Para mim, já há algum tempo tinham vencido. Os russos quase não tinham mais astronautas, foguetes ou naves espaciais. Os americanos, sozinhos, desembarcaram na Lua e fincaram lá sua bandeira.

Mais tarde, reconsiderei. Os americanos também desistiram da Lua. Os artefatos espaciais passaram a prescindir dos seres humanos, ao fotografar as outras regiões do espaço. As guerras também permaneceram, com drones e bombardeios cirurgicamente previstos. Americanos e russos não se enfrentam, mas continuam destruindo cidades e populações alheias.

Um gosto

Pelo menos uma vez, um gosto se funde a uma de minhas evocações. De amendoim e açúcar, ou melhor, amendoim e rapadura. O sabor do pé de moleque veio compensar mais um momento sozinho. Misturo sabor e imagem, pois me lembro como era grande e encaroçado, pura rapadura.

Foi algum tempo depois do dia em que minha mãe desapareceu com Bruno, rumo ao consultório de nosso pediatra. Estava gripado, e meu irmão seguiu sem mim para a escola. A tal em que a gente ficava em salas diferentes, não a primeira, em que a meninada, mal tendo largado as fraldas, praticamente só brincava, comia e dormia.

Por minha causa, minha mãe não foi trabalhar. Na época não havia uma moça para a ajudar ou então ela não veio. Lídia teve de ir à rua. Imaginou que eu estivesse dormindo, mas me tocou a testa para sentir a intensidade de minha febre. Percebi quando se afastou na ponta dos pés.

Fiquei desorientado com a penumbra envolvendo o quarto. Lídia tinha fechado a janela para que a luz do dia não me despertasse. Acabei me sentando na cama, mas tinha muito desânimo para me levantar e tentar brincar ou ler uma história em quadrinhos.

Todas as crianças de minha escola liam as aventuras do Pato Donald, com aquela blusa e boné de marinheiro, mas sem usar calças ou sapatos. Talvez fosse isso que me fazia me divertir com ele. Só o conhecia das ilustrações no papel, ainda não o escutara em nenhum filme, a voz esganiçada, tão feia.

Não achava graça na Margarida nem no Tio Patinhas, mas me identificava muito com os sobrinhos, principalmente por serem três e idênticos. Era como se houvesse trigêmeos por perto, o que eu nunca tinha visto ainda. Havia apenas duas moças gêmeas na vizinhança, com os cabelos muito curtos e um jeito de bobas.

Bem mais tarde, Bruno veio me convencer de que os personagens que a gente tanto curtia eram usados para nos condicionar a uma forma de ver o mundo. O homem que os desenhou denunciou colegas tidos como comunistas. E o Tio Patinhas, que eu até achava antipático, era, na sua engraçada adoração ao dinheiro, um símbolo dos ideais do capitalismo, que deveríamos aceitar com naturalidade. Mas bem que Bruno também se divertia com os três patinhos que eram a cópia do tio. Eu achava Donald tão parecido com os garotos, que, para mim, ele deveria ser, na verdade, o pai. Nós não nos parecíamos tanto com Francisco.

Não me levantei, não acendi a luz da cabeceira, não fui procurar em nossas gavetas nenhuma aventura que se transcorria em Patópolis, lugar muito parecido com uma cidade de verdade.

Continuei deitado, tentando me acostumar com o ambiente quase escuro. Muitas crianças tinham medo da noite. Mesmo meu irmão, quando menorzinho, tinha medo de que eu dormisse antes dele para não ficar sozinho na escuridão.

Olhei para o teto, onde uma outra vez aparecera uma lagartixa que ficara ali parada, como se fosse um desenho, até que Lídia a enxotasse com a vassoura. Mas nessa tarde estranha eu não tinha nem a companhia de uma lagartixa.

Só um lenço debaixo do travesseiro, caso meu nariz voltasse a pingar. No entanto, ele não pingava, e não precisava tatear embaixo do travesseiro. Imaginei que uma lagartixa poderia ter se escondido ali, mas logo me dei conta de que era apenas minha imaginação. Olhei para a janela, que tinha a cortina puxada. Nela não tinha nenhum desenho impresso. Ou alguma forma com a qual eu pudesse brincar, criar a partir dela uma história para mim mesmo. Ela só tinha listras, cujas cores quase se apagavam na semiobscuridade.

Devo ter entendido, então, que uma parte do mundo era feita de trevas. Eu não poderia fazer nada contra isso, era melhor me acostumar que, depois de cada tarde, elas viriam, assim que se dissipassem os vestígios do sol. Não acendi a luz, não me levantei. Nem me preocupava com o momento em que minha mãe fosse reaparecer.

Mas ela voltou. Para compensar sua ausência, trouxe-me um doce. Era o maior pé de moleque que eu tinha visto. O gosto do amendoim quase desapareceu diante da doçura intensa da rapadura.

Pode ser que o presente recebido, sem que fosse intenção de Lídia, representasse o reconhecimento da solidão. Não chorei e principalmente não senti medo.

Caleidoscópio

Um tubo, contendo espelhos e pedaços de vidro colorido, cria formas de uma harmonia impressionante, logo transformadas em outro grupo de imagens, graças a um leve movimento. Foi um físico escocês quem inventou o objeto no século dezenove.

Nem precisava descrever um caleidoscópio, tão conhecido, mas só naquele momento tive um em minhas mãos. Quem o trouxe até nós foi Elvira, que então ficava com meu irmão.

Era tão novidadeira quanto Nina, mas bem menos atraente. Por isso não durou muito no nosso convívio, uma decisão de Bruno. Também porque fumava muita maconha, ria muito, usava outras drogas.

Foi ela quem nos presenteou com o primeiro baseado. Nina era mais curiosa do que eu. Fumei por causa dela, logo disposta a encarar a experiência. Mas nem ela, nem Bruno gostaram tanto quanto eu gostei. Eu logo ria solto que nem a Elvira. Bruno foi saindo fora, dizendo que era uma grande bobagem. Nina ainda fumou um tempo com a gente, creio que para não me deixar a sós com a garota de meu irmão.

Um dia, Elvira apareceu com o tubo. Estávamos no nosso quarto, sem meus pais por perto. Fumamos, e acabei sozinho, deitado em minha cama, sem saber para onde tinham ido os outros. Elvira tinha deixado comigo o instrumento que, com a lenta atividade de seus vidrinhos coloridos, me hipnotizava. Aquelas imagens tinham o poder de me transportar para um lugar da mais pura beleza. Cada cor, cada forma pareciam vir de outra realidade. Onde as coisas eram transparentes, abstratas, fluidas. Um mínimo gesto provocado por minhas mãos, e elas se rearranjavam em outra combinação sem perder a harmonia, causando um impacto ainda mais sutil em minha contemplação.

– Você parecia aqueles chineses fumando ópio nos filmes – meu irmão me censurou depois.

– As drogas são ilusão – Nina logo concluiria, decidindo não usar mais.

Os dois abandonaram nossa aventura. Elvira, um pouco mais tarde, saiu de cena. Talvez eu continuasse sozinho, se viesse outra oportunidade. Mas raramente aconteceriam outras. No entanto, a ilusão me intrigava. Por que as drogas nos provocavam alucinações? De onde vinham as alucinações? De onde vinham minhas visões de joias resplandecentes em que se transformavam algumas contas de vidro?

Seios

Só depois que nos casamos é que fiz sexo com Nina. Era incrível a maneira como ela podia se controlar e também a mim. Uma ou duas vezes tinha deixado que eu tocasse seus seios, que, mesmo com grande insistência de minha parte, raramente me deixava ver.

Ela ainda tem bonita essa parte de seu corpo, mas então era belíssima. Despertava em meus olhos uma admiração semelhante à que uma estátua nua de mármore me causava. Objetos distantes e que tinham a aparência perfeita.

Não comparava os seios dela com os de minha mãe, imagem esfumaçada e não mais confiável de minha infância. Tinha consciência de que não desejava, em Nina, o peito com que Lídia me nutria.

Depois de nossa lua de mel, meio desajeitada devido à inexperiência dos dois, aos poucos fui me soltando, ela ainda mais devagar, eu gostando cada vez mais do início de nossas noites. Com o tempo, a frequência e o entusiasmo inevitavelmente arrefeceriam, mas então, naqueles longos momentos junto de Nina, nada importava o que se passasse além da porta de nosso quarto.

Talvez porque não tivesse uma Nina em sua vida, Bruno foi sexualmente mais precoce. Um dia me contou que estava transando. A menina que saía com ele tinha uma amiga, que eu viria a conhecer numa festa, daquelas que alguém oferece quando os pais estão viajando. Com pouca comida e bebida suficiente para ir desinibindo os convidados.

Num quartinho apertado de empregada naquela casa onde nunca tinha entrado, acabei me trancando com Vanda, a amiga mais feia de Fátima, a garota que fazia sexo oral em meu irmão. Descobri que era a dona da casa. Bem que poderia ter me franqueado o próprio quarto.

Vanda não tinha o rosto bonito, a pele em luta com as espinhas, mas me deixou abrir sua blusa e tirar seus seios para fora do sutiã. Eram grandes, com auréolas também grandes e rosadas. Diferentes dos de Nina, tão mais delicados. Os seios de Vanda me provocavam e me descontrolavam. Achei que eu iria gozar em sua boca, como ela pareceu ter gozado na minha.

Mas me pediu para que eu despejasse o efeito de meu gozo em seu peito, o que eu fiz, extasiado. Vinha de mim o leite que escorria de seus mamilos.

Eu a veria duas ou três vezes mais e fizemos sempre igual, na casa dela, os pais por algum motivo ausentes. Não era mais no quartinho estreito, mas em sua própria cama. Ela se levantava, lambuzada, para se limpar e depois ficava muito séria, sem comentar o que tinha acontecido. Nunca experimentei a penetração nem com Vanda nem com Nina, até que me casasse.

Muito tímido em certas situações, nunca procurei uma prostituta. Imagino que meu irmão também não. Pelo menos nunca comentou comigo.

Minhas mãos

Tenho a impressão de que ainda aprendia a falar. Como a imagem é imprecisa, concluo que não deveria saber o que me ligava ao outro bebê, como não deveria reconhecer como outro bebê aquela criatura sempre perto de mim.

Era fascinado por minhas mãos. Elas, no começo, pareciam se mexer sozinhas na frente de meus olhos. Mais tarde, eu abria os dedos e olhava o que havia entre eles, uma sequência repetida e estreita de carne e pele, que, na extremidade, parecia ter minúsculos dentes, como nas facas de pão.

Hoje não presto atenção nos meus dedos nem consigo enxergar a tal serrinha no intervalo entre eles. Posso examinar minhas unhas, se estão crescidas, se continuam limpas. Já não vou me deslumbrar com sua transparência e seu brilho.

Unhas, que coisas fantásticas! Cresciam, mudavam de aspecto, arranhavam. E as pregas na pele, a série de rugas no meio dos dedos, que praticamente sumiam quando eu os dobrava, fechando cada mão.

O outro também tinha mãos, unhas e dedos que nem eu. Nunca vi de perto a superfície ligeiramente ondulada entre os dedos dele. Mas suas mãos, do mesmo jeito que as minhas, aparentavam, quando as notei, se movimentar por elas mesmas.

Depois aprendi a fazer um barulho, um tipo de estampido, que ele não conseguia imitar. Com os dedos entrelaçados, cada mão pressionando a outra, deixava uma abertura para o ar entrar e sair, provocando aquela espécie de sopro rápido e ruidoso.

Bruno nunca conseguiu fazer. Pensei que eu era único, pois nem nossa mãe ou nosso pai davam conta de reproduzir o efeito de meu gesto. Até que um dia, ao ser desafiada, Nina não se fez de rogada, obtendo um estalo até mais forte.

Dizem que eu andei primeiro, mas ele teria falado antes. Talvez não me interessasse tanto falar: durante muito tempo produzi balbucios que os outros não entendiam. Porém, no relato de minha mãe, me encantava ouvir os sons que eu mesmo emitia.

Ele tinha medo do escuro a princípio, eu não me lembro de ficar realmente incomodado com o que eu não podia ver. Bem antes de ter o conhecimento de que as trevas eram inevitavelmente reais, eu podia me encantar com as sombras se projetando na parede do quarto, se alongando ou se encurtando. À noite, detinha-me em ouvir sua respiração mudar, assim que meu irmão adormecia. Junto do escuro, descobri que havia um barulho pequeno e constante, mais ou menos como o ruído que dizem ser do mar, quando se vai ouvir o silêncio aprisionado numa concha. Pensava que esse ruído era o que me fazia dormir. Também era uma espécie de passagem para os lugares aonde nos levam os sonhos.

No espelho

Tinha um apego muito grande a minha mãe. Em doses menores, a meu pai. Mas embora ciente de que nossos caminhos teriam de se separar, parecia mais difícil me desapegar do irmão gêmeo. Mesmo ele contribuindo para isso, se aproximando, ao crescer, de certas pessoas que em nada me interessavam. Ou querendo me influenciar com suas ideias acerca da humanidade, que eu frequentemente achava justas, quando me apontava desmandos e abusos ou diferenças de oportunidades individuais. Mas, como assunto predominante em suas conversas de adolescente ou já de adulto, eram incapazes de dominar por muito tempo minha atenção.

O parceiro de quebra-cabeça continuava, mesmo assim, ocupando o lugar do amigo mais especial. Uma vez passou por minha cabeça o dilema: seria capaz de morrer por ele? Mas a questão não parecia real. Com certeza, nunca seria confrontado pela necessidade disso. Como não precisaria morrer por Lídia ou por Francisco. Tinha, aparentemente desde muito novo, uma noção bem razoável da vida e de seus eventos mais prováveis.

Um dia em que tínhamos fumado uma erva de teor mais forte, antes que Elvira sumisse de nossas vidas, me vi sozinho com Nina. Estava razoavelmente alterado, mas tinha total consciência do que estava me acontecendo.

Ela nem me olhava. Estava de perfil, mergulhada na própria experiência. Os dedos de uma de suas mãos brincavam com os cachos do cabelo, então bem longo. Eu não me atrevia a tocá-la, pois me concentrava, com admiração, no barulho de meu coração batendo.

Sentia o ar passando pelas narinas e chegando ao pulmão. Não sabia se ela respirava no mesmo ritmo, se seu coração funcionava na mesma velocidade que o meu. Tinha clara a noção do um e do outro, mas não queria que ela se afastasse um milímetro de perto de mim.

Enquanto Nina viajava à sua maneira, eu reverenciava sua existência. Seu rosto parecia ter se desprendido de uma tela, figura de uma pintura muito antiga. A um dado momento, ficou de costas para mim e passou a se olhar no espelho.

Tive medo de que ela se dissolvesse naquela superfície ou, arrancada para outra realidade, se perdesse na paisagem de outra época. Pensei que não ia suportar se me deixasse só. Então nossos olhos se encontraram dentro do espelho. Alguma coisa se revelou, uma ligação que não experimentei com ninguém mais.

Bem mais tarde, quando partilhamos o mesmo orgasmo, eu me lembrei de nossos olhares conectados no espelho. Éramos capazes de ficar juntos, de um modo que ninguém mais poderia, eu imaginei.

A noiva

A gente tinha se prometido nunca se casar. Bastava morar juntos. Não tenho tanta certeza se também havíamos prometido não ter filhos. Para mim, pelo menos, era claro: tantas vezes comentei com Nina que não daria conta de me responsabilizar por nenhuma criança. Que outros se encarregassem de povoar o mundo e prorrogar a vida de nossa espécie.

Eu não me apegava às causas da humanidade, esse era o território de Bruno. Nunca me liguei muito à época e ao país em que nasci. Tinha era curiosidade para viajar e conhecer paisagens diferentes.

Quando fomos dispensados do serviço militar, nossa satisfação não era pelo mesmo motivo. Para meu irmão, servir o exército era se incorporar à ditadura que começava a declinar. Eu detestaria tocar em uma arma. Sabia que uma guerra não estava no horizonte de nossa história desde a peleja contra os paraguaios, o que sempre me pareceu muito desigual, coisa de três contra um. Mas guerrear, pelo seu rastro de mortos, sempre me pareceu estúpido ao extremo. Os exércitos existiam para isso. Minha índole, mansa de natureza, permanecia refratária à violência ao redor.

Quando, poucos anos depois, Nina me comunicou que a mãe dela teria um troço se a gente não se casasse, de papel passado e na igreja, ainda resisti, tentando ser coerente com o que eu pensava. Casamento, imaginava que ela concordasse comigo, era um rito sem sentido, uma formalidade social, um gasto inútil de dinheiro.

Mas um dia eu cedi. Temperamentos como o meu acabam cedendo à insistência dos outros.

– Vai ser uma coisa simples, uma concessão para minha mãe. Sem festa, Lauro, nem vou me vestir de noiva.

Felizmente, não se deixou influenciar por Lady Di, com aquela pompa de carruagens pelas ruas de Londres, criando em todos os plebeus o delírio de qualquer coisa parecida na encenação de suas bodas. A foto de noiva que Nina não teve coragem de colocar num porta-retratos ficou relegada ao interior do álbum em preto e branco, pretensamente mais artístico que os coloridos.

O vestido não tem cauda, mas é comprido até o chão e enfeitado de tiras de seda branca. Ela usava um chapéu, que lhe dava um ar de camponesa, e rever a foto ensina como a moda se transforma rápido.

No intuito de me desagradar e à mãe o mínimo possível, era uma noiva sem o buquê habitual, mas usou um caule, fino e comprido, com algumas flores brancas na ponta. Minha sogra chegou a dizer que era inadequado. As palmas, de acordo com ela, servem para identificar os mártires do cristianismo. Mas a palma dos sacrificados, como aparece nas pinturas, é outra, o ramo da palmeira. É folha e não flor. A confusão foi desfeita a tempo.

Nina é que não iria se martirizar por minha causa. Porque estava sempre dando a volta em mim. Fomos morar num apartamento pequeno e alugado no centro da cidade. Era em cima de uma loja de artigos religiosos. Eu não prestava atenção nas imagens expostas, a não ser no Natal, quando as vitrines se enchiam de presépios, e uma criança nascia numa improvisada cama de palha entre um boi e um burro. Os bichos estavam lá em nome da simplicidade e da pobreza do nascimento.

Pelo menos nos casamos numa capela, sem nenhum enfeite ou ostentação. Alguém tocou uma flauta com músicas antigas. Na sacristia, meus sogros ofereceram espumante, que ainda era confundido com champanhe, e bombons aos convidados. Eu me lembro do recheio de frutas e leite condensado, doce à beça. Também me dei conta de que a palma branca desapareceu ali mesmo na igrejinha, e ninguém se preocupou com isso.

Palavras enganosas e coisas não ditas

Não sei quando me veio o gosto pelas palavras, especialmente quando podem dizer outra coisa. Essa possibilidade de escapar do sério desde cedo atiçou minha curiosidade. Minha mãe, por exemplo, esquecendo-se da pedagogia moderna de que se dizia adepta, tinha a mania de nos intimidar quando hesitávamos em seguir seu comando. Nessas horas, ameaçava nos fazer ver quantos paus tem uma canoa.

Eu sabia que estava sendo amedrontado por uma palmada, mas conseguia pensar que cada canoa tinha seu próprio número de ripas ou tábuas. Seria a resposta correta e desconcertante. Só que reprimia a vontade de dizer isso a minha mãe, pois não era momento para provocação. Entendia perfeitamente que as palavras usadas por Lídia representavam algo concreto e imediato. Quem inventou a expressão ressaltava, justamente, a inutilidade de discutir em certas ocasiões. O mais forte não quer saber de refutações. No caso, a vontade de Lídia tinha de prevalecer, ignorando nossos argumentos contrários.

Bruno, mais chegado à materialidade dos fatos, pensaria, quem sabe, que nosso castigo pudesse levar ao risco doloroso de uma varada. Eu nunca tinha presenciado, mas diziam que certas mães tinham seus instrumentos para castigar crianças, inclusive uma tal vara de marmelo, jamais vista por nós. Não conseguia, no entanto, imaginar minha mãe guardando uma arma para vergastar nossos traseiros. Mesmo porque suas palmadas pouco doíam.

Na escola, aprendíamos contas, e a professora gostava de nos colocar problemas que exigiam algum cálculo para sua resolução. Quando ela falava de partes e todo, para nos dar uma ideia de fração, eu me lembrei dos paus da canoa de minha mãe e formulei uma pergunta que nunca saiu pela minha boca. Só me imaginava dizendo alto, na frente de meus colegas, a questão que a professora não poderia responder: quantas fatias tem um pão? Imaginava que a deixaria muito embaraçada. Ela nunca iria reagir como Lídia.

Talvez, se fosse suficientemente esperta, o que não pude perceber durante nosso convívio, ela me desse a volta, como Nina passaria a fazer com tanta facilidade. E usaria de verdade um pão e uma faca para nos mostrar concretamente as metades, os terços, os quartos, e assim por diante.

Há certas coisas que nunca deixam a esfera de nossos pensamentos, nunca são verbalizadas. Por mais que eu estivesse ao lado de meu irmão, minha cabeça sempre foi minha, como também não tinha acesso ao que ele guardava para si mesmo. O que não me impedia de adivinhar suas reações, mais ainda que as de minha mãe ou de meu pai. Ele provavelmente sempre soube como eu mesmo me comportaria em determinadas situações.

Sempre aceitei (e precisei) que Bruno existisse. Mesmo quando tinha necessidades de marcar minha diferença, como nos estalos que dava com a mão e ele não podia imitar. Jamais imaginava minha vida sem ele nem desejei ser filho único, objeto exclusivo da atenção de meus pais.

Não entendo como as pessoas tenham ciúmes ao ponto de suprimir um parceiro infiel. Por isso me incomoda que Nina se mostre insegura quando a companhia de outra mulher começa a despertar meu interesse. Foi para não brigarmos e nos dizer palavras desagradáveis que aprendi a também dar a volta nela. Nina não precisa saber se permito a uma forasteira – o que é muito raro – participar fisicamente de minha intimidade.

Aperfeiçoei a prática do silêncio com meu gêmeo. Percebia que ele pensava coisas que não achava importante ou necessário me comunicar. Mas eu também tinha meus esconderijos mentais. Um deles, dos mais antigos, guardava minha sensação de deslumbramento pela imagem do olho divino.

Com certeza, meu misticismo envergonhado se deve a uma censura que sempre supus na mente de meu irmão. Se confessasse acreditar em coisas que ele nega, Bruno me acharia um tolo.

O desenho do leque

Já disse que colecionar álbuns de figurinha não se compara à montagem de um quebra-cabeça. O desafio é muito menor. Se há um mínimo de surpresa no resultado final, inexiste a concentração obstinada que move os jogadores.

Montar o roteiro das cenas de minha vida revive a lenta arrumação de tantas peças miúdas. Em busca de um resultado preciso, eu e meu irmão tínhamos naquele tempo que ter paciência e voltar atrás em nossos erros.

Um leque fechado ou entreaberto, como escreveu Bergson, oculta partes inteiras do cenário nele pintado, mas o desenho que o enfeita é um só, assim como a cena final do quebra-cabeça. No roteiro desordenado que escrevo também não posso inventar ou recolorir os detalhes, pois o resultado que quero obter já aconteceu.

O cenário que recupero permanece impreciso, desbotado em muitas partes, mas tem se mostrado capaz de me provocar reações. Umas, afáveis, reavivam um passado intenso e reconfortante; outras deixam escapar um sufoco mal explicado.

Faz parte delas a que se desprende da imagem inicial. Minha primeira peça, recolhida do quarto que dividia com meu irmão. Por que a imagem dos três cãezinhos nos observando, cujo número me lembra os trigêmeos da história do Pato Donald? Só quando Nina surgiu, pôde introduzir o terceiro elemento da história, mas nessa época nem sabíamos se ela existia.

Os três cães não me explicam muita coisa, mas me remetem ao momento anterior, quando, de olhos fechados, me dispunha a ouvir ruídos indistintos à minha volta. No meio, havia latidos.

Tal como o gosto do pé de moleque, uma acanhada memória sonora sobrevive. Não é fácil retornar a ela. Tendo a reprimir a recordação de um animal de verdade. Pareço incomodado com a cena de um cachorro que se dispõe a chamar minha atenção.

No entanto, um bicho de estimação tem esse apelo irresistivelmente sedutor e gracioso, atraente até para os adultos. Por que não para uma criança, mesmo que essa criança tenha ficado pelo caminho?

O mascote de breve existência

Nem era assim tão gordo o nosso filhote. Lídia chamou de Bolinha ao bebê que viu enrolado sobre si mesmo, quase escondido no meio da ninhada, ao lado da mãe, a cachorra de nossos vizinhos.

Batizou o mascote com um nome que deveria ser comum na época em que foi criança. Nenhum outro cachorro, a não ser o nosso, se chamava Bolinha. Cachorros de cinema ou televisão, bastante populares, provocavam muitas homenagens de espectadores encantados com sua inteligência, heroísmo ou mera fofura. Cadelas mais velhas faziam lembrar a história triste de uma cachorrinha astronauta.

Tinha o pelo branco e curto, além de uma mancha marrom em torno de um dos olhos e outra, da mesma cor e menor, bem no meio do rabo. Sua aparência geral e o jeito de correr eram engraçados, eu pelo menos achava.

Nós pensávamos que sua dona era minha mãe, pois foi ela quem o escolheu e trouxe para casa. Não tinha *pedigree*, mas a mãe dele era de raça. O pai não, um cão de rua, mas também branco. Ele logo ficou maior que a mãe.

Bruno se desinteressou do bicho, principalmente depois que ele cresceu. Lídia, nossa mãe, queria que cuidássemos dele, que lhe déssemos banho, coisa que ele detestava e, logo que era molhado, se sacudia com força, respingando um pouco de água em quem ficasse perto.

Se Bruno renegou Bolinha, o cão também não quis saber de Lídia. Todas as vezes que eu voltava da escola, corria para junto de mim, pulando em mim, querendo lamber minhas mãos.

– Ele escolheu você – meu pai me explicou.

Então, do nada, eu tinha um amigo para mim, me conduzindo a um relacionamento progressivamente mais constante.

"O seu cachorro", diziam sempre que ele aprontava alguma, como quando fez xixi no tapete da sala. Fui me acostumando com o jeito dele. Passava um bom tempo brincando com aquele maluco que gostava de correr em volta de si mesmo, tentando morder seu rabo ridículo com sua mancha solitária. Sempre vinha para perto, alucinado, ao escutar minha voz.

Até aprendeu a trazer de volta a bola de borracha que eu lhe lançava, feliz ao me entregar o brinquedo cada vez mais babado. Bruno achava Bolinha bobo demais. Quis ensinar a ele a se deitar ou a se fingir de morto, mas não conseguiu.

Bolinha não saía do quintal. Minha mãe não permitia que ele entrasse em casa, pois urinava em tudo. Ele gostava de ossos, enterrava cada um em um buraco novo, que cavava com rapidez e excitação, e depois se esquecia deles. Nunca vimos Bolinha desenterrando ou roendo seus ossos.

Nunca ia à rua, parecia não ter curiosidade por outros cachorros nem dava sinal de lamentar a ausência da mãe e dos irmãos. Bobo e estabanado, mas parecia meu.

Foi Francisco, meu pai, ou foi Bruno? Minha mãe jamais deixaria o portão aberto. Tenho certeza de que não fui eu. Ele não desprezou a oportunidade e finalmente resolveu ver o que existia do lado de lá.

– Calma, ele vai voltar – meu pai queria contornar minha aflição.

Mas não reapareceu. Distribuímos cartazes pela vizinhança, com Francisco disposto a pagar uma recompensa por quem nos trouxesse o fugitivo. Eu não acreditava que pudesse ter fugido de mim ou tivesse me trocado por um novo amigo.

Vários dias perambulei pelo bairro, no começo acompanhado por minha mãe ou meu irmão. Depois sozinho, com a mesma vontade de o reencontrar.

– Desiste, Lauro! Ele não volta mais.

A princípio não quis concordar com meu irmão, mas ele sempre farejou antes de mim as cruezas do mundo. Assim que fui crescendo, vi se abrandar, mas não inteiramente, a sensação de que Bolinha, cuja morte por algum acidente nunca foi constatada, teria me abandonado por outro dono.

A ilha

Um dia me interessei de novo pelo atlas. Já era outro o professor de geografia. Este não nos cobrava a cópia dos mapas, que meu irmão e eu gostávamos de colorir, sendo que as cores de Bruno sempre eram mais precisas. Uma vez pintei o mar de verde, mas não podia. Verde era para planícies ou florestas.

Ainda não sabia que o mar muda de cor e muitas vezes é azul. Na minha lembrança de fotos e filmes era verde, ora mais escuro, ora mais claro. Uma busca de coerência com o que imaginava ser a realidade deve ter sido a razão para me meter a corrigir o atlas.

Mas quando abri aquela coleção de mapas, depois de um bom tempo e sem ter sido solicitado, ia atrás de algo que imprecisamente me atraía. Não tinha certeza do que era, mas acabei por descobrir.

Tristão da Cunha. A longínqua ilha que uma vez tinha despertado minha atenção. Encontrei a posição e o nome, mas minha curiosidade insatisfeita me fez buscar informações mais precisas em outras fontes. Isolada no oceano, é a ilha habitada mais remota do mundo, além de ser contornada por penhascos. Na ilustração de um livro, o pontinho de nosso atlas perdido no amplo azul ganhou, numa representação mais aproximada, um formato arredondado. Até lembrava um corpo celeste, um meteoro. Minha imaginação viu um asteroide que um dia caiu na Terra. E desde então, como um navio à deriva, boia no sul do Atlântico.

É habitada por um punhado de ingleses, mas tem o nome de um navegante português. Não pude saber, então, se Tristão teria outro significado ou se era mesmo um tributo à tristeza. Mas veio a certeza de que minha curiosidade de viajante impelido a explorar novas paisagens nunca me levaria a essa ilha.

Tristão da Cunha se tornou um segredo, escondido no velho atlas escolar. A terra de ninguém, esquecida da história. Só uma verdade geográfica.

Depois aprendi que Tristão era um dos cavaleiros da Távola Redonda, um dos amigos do Rei Artur. É personagem de uma história de amor, o amor por Isolda, nunca consumado. Jamais li a lenda nem o libreto da ópera de Wagner sobre o trágico casal. O motivo é o mesmo pelo qual nunca desembarcarei na ilha. Saber mais esvazia o mistério.

Nina nunca foi minha Isolda, não sou um amante de enredos trágicos. Também não diria que segui meu irmão como se fosse ele um rei. Bruno, talvez, se um dia lhe perguntar, poderia me dizer algo sobre os celtas e os mitos britânicos. Afinal, hoje é um historiador, embora sua especialidade não sejam as brumas do tempo.

Sua praia é o século XIX e os desdobramentos do Iluminismo. O século do progresso, das cidades, da expansão dos transportes e das fábricas, das ideias sociais. A época, da maneira que ele vê. Para mim, foi quando surgiram as histórias de detetives e de mistério, quando apareceram o espiritismo e a teosofia. Quando os ocidentais começaram a se interessar pelos faquires e os iogues.

Um século que contém suas contradições. Sob uma capa de racionalismo, aflora o interesse pelas manifestações singulares do inconsciente.

Mas eu procurava entender por que olhar para o desenho de uma ilha me aproximava do marinheiro atraído pelo canto hipnótico da sereia. Constato que o território mais afastado de todos me oferece o desassombro da solidão.

No alto de um penhasco, que me parece real, sou surpreendido pela visão fugidia de um homem, meu gêmeo desconhecido, a olhar o mar arranhando a pedra muitos metros abaixo. Diante dele, fora as gaivotas no céu, nada mais existe senão água.

Elizabeth, Isabel

Não podia imaginar que escrever cartas pudesse me render um salário. A bem da verdade, nem tinha o hábito da correspondência pessoal. Nunca tive amigos vivendo longe, nem me apaixonei por uma estrangeira. Em qualquer dos casos, pelo menos eu treinaria outro idioma. Provavelmente inglês, a língua-geral de minha época e ainda vigente. Até poderia me corresponder com algum habitante de Tristão da Cunha. Seria um modo de ter um selo da minha ilha favorita. Se é que eles têm um correio próprio. Mais provavelmente eu receberia a estampa da Rainha Elizabeth, cuja pessoa via envelhecer pelas revistas ou no noticiário da televisão, usando sua coroa fora de época ou os chapéus indescritíveis que a substituíam.

Tampouco imaginei uma homenagem à soberana de Tristão da Cunha, quando nasceu Isabel. Então não levamos em conta que os dois prenomes se traduziam. Pois um dia Nina não apareceu grávida, sem me avisar que tinha parado com suas pílulas? Minha primeira vontade foi abandonar a mãe, antes que a criança nascesse. Não tínhamos combinado não ser pais? Demorei para controlar minha raiva. Nina tomou, sozinha, uma decisão que também dependeria de minha vontade.

O que Isabel, que, antes de nascer, tanto me desestabilizou, tem a ver com as cartas?

Ora, formado em Publicidade, tinha conseguido um emprego estável, trabalhando na área de criação do departamento de mala direta de um banco. Minha função era escrever para clientes ou funcionários, complementando as campanhas que uma agência externa se encarregava de produzir.

Na faculdade, assim que prestamos vestibular, Bruno e eu vivemos um conflito com momentos pouco agradáveis. Ele desprezava minha escolha, que não passaria de adesão às artimanhas dos agentes promotores do consumo, exagerando necessidades e induzindo as pessoas a gastarem com produtos muitas vezes supérfluos. Eu achava que tinha escolhido uma carreira afinada com a época e criativa, que desafiaria minha imaginação. Era uma profissão quase artística. Além da síntese e da comunicabilidade necessárias para os textos e *slogans*, explorava recursos do cinema e da música.

Cheguei a dizer a meu irmão que ele preferia olhar para trás. Estudar História era se afundar cada vez mais no passado. Para ele, era um domínio a ser continuamente revisitado, seu modo de compreender melhor as escolhas de nossa civilização. Eu até respeitava sua opinião, mas não iria dizer isso a ele. Bruno, naqueles anos de faculdade, não tinha a menor complacência pelas minhas razões. Nossas carreiras, indo em direções diferentes, nos levavam também às diferentes influências de colegas e professores. Por pouco não nos afastamos de vez. É que, no fundo, ele perdoava meu descompromisso político, e eu, normalmente dócil de temperamento, tentava não me irritar com as opções dele. Uma ou outra vez me ressenti do radicalismo de certos colegas de Bruno, que, se achando a vanguarda da pureza e das boas intenções, torciam o nariz para os alunos de Publicidade, para eles apenas fúteis e pretensiosos. Se fosse alguns anos mais velho, meu irmão gêmeo correria o risco de ser um guerrilheiro ou um preso político.

De todo modo sua entrada na profissão foi muito mais fácil. Sempre existem escolas e alunos à espera de um professor. Mas as agências de publicidade eram poucas e concorridas. Eu fazia estágios e não era contratado.

Daí, para me casar, fui parar no banco. Com a desculpa de que tinha um ofício criativo. Não tocava em dinheiro nem tinha contato com os clientes. Só escrevia cartas para eles e os gerentes, as tais malas diretas, e teria de me acostumar com isso. Logo me tornei pai de uma menina com um nome antiquado, mas cuja escolha foi fruto de um momento de entendimento no meio de seguidas discussões entre seus pais. Nem me lembro de quem propôs, mas Isabel nos soou simpático. O acerto do nome representou um aceno para a reconciliação.

Os silêncios de Bruno

Houve uma época – entre Elvira e Helena (a quem ainda não me referi) – em que meu irmão ficou sozinho, pois Maria de Fátima tomou o mesmo sumiço que Vanda. Com Nina, andava me abrindo a uma visão nova do mundo. Posso detectar hoje a influência sobre parte de nossa juventude de músicos e intelectuais rumo ao orientalismo, ao mesmo tempo em que substituíamos o culto social ao álcool pelo intimismo de outras drogas.

Eu ficava de ponta-cabeça nas aulas de ioga, fazia exercícios de respiração acelerada, comia basicamente arroz integral e estava convencido de que tudo fazia parte de uma mudança que me sintonizava com um desejo coletivo de um mundo mais pacífico e, portanto, livre de um passado de atrocidades. Ele, desconfiado da filosofia e das práticas orientais, até quis, para minha surpresa, conhecer a dieta macrobiótica, mas não se tornou um entusiasta como eu e minha namorada.

Não havia animosidade entre ele e Nina: os dois se davam bem, apesar de meu irmão nunca ter se interessado pela leitura de Krishnamurti ou Blavatsky, incensos, roupas indianas. Eu mesmo não conseguia penetrar nas desavenças surgidas entre os pensadores místicos, embora tivesse me maravilhado com certas revelações teosóficas. Fiquei bem mais envolvido pela ficção de Huxley, Orwell e Hesse, alertando para nossa responsabilidade com o futuro ou para a inclusão de novas perspectivas em nossa realidade. Mais tarde, me encantaria com os romances de Doris Lessing, quando ela introduzia seres interplanetários atravessando o tempo e o espaço e se relacionando com este triste planeta. Tinha, alguns anos antes, assistido a um filme, *Matadouro cinco*, com temática semelhante e que me deixou tão desconcertado.

Em comum, nós três ansiávamos por viajar, ter uma experiência em outros lugares, de preferência testando outros idiomas. Sozinhos, nós, os gêmeos, já tínhamos realizado, sem nossos pais que tanto apreciavam o litoral, pequenas viagens, a mais interessante para São Paulo, que nos surpreendeu pelas dimensões, o trânsito, o sotaque das pessoas, a variedade de tipos físicos.

Queríamos ir além, andar por ruas e panoramas inusitados. Logo pensamos na Europa, Nina e eu tendo a mesma preferência, a França, enquanto a Inglaterra era a escolha de Bruno, que também poderia ser a minha. Mas, na nossa juventude, viajar era caro e complicado. Por isso nem cogitamos na Índia ou no Egito, de nosso lado, na China ou na União Soviética, da parte dele. Amsterdam também era um destino que atraía o pessoal de nossa idade. Soube que Elvira estava por lá, sem poder voltar ao país, porque tentara contrabandear ácido lisérgico pelo correio. A última notícia que tivemos dela foi um postal de Katmandu. Eu me lembro de ter retirado cuidadosamente o selo, apelando para o vapor de uma chaleira, e examinado seu verso, mas ela não nos mandou nenhuma daquelas drogas em doses minúsculas, concentradas em uma gota.

Daí que nas férias de verão embarcamos os três na nossa grande aventura, que incluiria o afamado Trem da Morte rumo ao altiplano boliviano e depois aos Andes. Já entramos no estrangeiro de carona, na carroceria de uma camionete, o vento batendo de frente em meu rosto, os três gritando juntos, saudando a liberdade. Liberdade que só não se manifestou sexualmente para mim. Apesar de uma intimidade maior, Nina não quis abrir a guarda.

Perambulamos por todo o país, nos juntando a grupos diferentes de jovens viajantes, vindos não só do Brasil como de diversas partes do mundo, uruguaios, italianos, americanos, suíços. Vimos a neve, que não esperávamos encontrar, compramos roupas vendidas em mercados de rua, feitas em lã de alpaca, porque não tínhamos agasalho para aquelas temperaturas baixas. Em Copacabana, junto ao Titicaca, meu irmão se apaixonou por uma francesa ruiva, Chantal.

Ela se juntou a nós, quando começamos a viagem de volta. Em La Paz tomaríamos o único avião da jornada que nos levaria a São Paulo, de onde um ônibus nos conduziria de volta para casa.

Chantal sempre com a gente. Nós a tínhamos convidado e pensamos que viria para o Brasil. Mas, na véspera, ela sumiu do hotel, sem se despedir de ninguém. Quando Bruno percebeu, a ruiva tinha levado seu dinheiro, ou o que restava dele. No último dia na Bolívia, tivemos de juntar meus trocados e os de Nina, os últimos pesos bolivianos, para comermos algumas frutas numa das feiras enormes da cidade. Por sorte, ela tinha guardado no bolso falso de uma blusa os cruzeiros com que compramos nossas passagens de ônibus para nossa cidade, mas cuja sobra mal deu para um lanche miserável na rodoviária de São Paulo.

Viemos na mesma fila do avião, mas Bruno praticamente não falou com a gente. Eu viveria outras fases silenciosas de meu irmão gêmeo, mas, aquela, se não fosse por Nina, teria sido bem mais difícil. Ele não comentou nada, mas eu entendia que sofria por uma desilusão arrasadora. Não era um bicho de estimação que sumiu sem deixar rastros. Era a criatura que mais o encantou e, literalmente, o tinha roubado.

Quando nos vimos sozinhos em casa, sem contar para Lídia e Francisco o final da viagem, ele esmurrou o travesseiro e gritou, para minha surpresa, uma enxurrada de palavrões contra a "francesa escrota". Eu me lembrava, enquanto assistia à sua explosão, como ele tinha se devotado àquela moça de olhos azuis e sardas, que para mim tinha ares de boneca. Imagino que ela deve ter ensinado a ele formas insuspeitadas de carinho.

Achei que ele criaria um preconceito contra todos os franceses, mas ficaríamos de bocas abertas, quando, passado cerca de um ano, Bruno recebeu uma ordem de pagamento vinda do exterior. Chantal estava devolvendo o dinheiro surrupiado.

Mais tarde veio um postal com uma paisagem de que já não lembro e, no verso, o convite dela para que ele lhe escrevesse.

Ele rasgou o postal em pedacinhos, disse que pilantras europeus se valem de gestos românticos e envolventes só para nos enganar. Eu pensei no quanto as pessoas podem nos surpreender. Não era capaz de entender Chantal, que tinha agido com tanta frieza, mas que não deixava de ter uma consciência e a capacidade de tentar reparar suas faltas.

Graças a ela tivemos um final insólito para a viagem mais interessante de nossas vidas, uma prova que Nina, Bruno e eu superamos unidos.

Pai Francisco

"Pai Francisco entrou na roda tocando seu violão." A letra da canção infantil divertira bastante os gêmeos. Não era muito viável nosso pai brincar de roda e ainda mais tocando um violão. Mas era um jeito de rir secretamente de nosso pai que quase não se dispunha mais a brincar com a gente.

Nós suprimíamos, em nossas brincadeiras, a parte em que o herói foi para a prisão, afinal ele não tinha feito nada para o delegado agir de modo tão arbitrário. Mas adorávamos cantar o final da música. "Como ele vem todo requebrado. / Parece um boneco desengonçado."

Era a faixa de um disco de cantigas para crianças. Dele nem lembro a capa, mas o mesmo tema folclórico estava em um DVD que Isabel ganhou. Ela adorava repetir as imagens, uma animação, e ouvir várias vezes a letra da música.

De um jeito diferente de mim e de meu irmão, não se importava que o delegado mandasse Francisco para a prisão, mas, como nós, adorava o boneco desengonçado. Depois descobri que meu pai representava para ela essa parte, o que nunca teria feito na frente dos filhos.

Num de seus primeiros aniversários, Francisco daria um violãozinho para a neta, que logo arrebentou as cordas do pretenso instrumento. Ela não se transformou em nenhum talento musical, se era a intenção do avô. Apenas se divertiu com a canção, do mesmo jeito que o pai e o tio.

O DVD foi esquecido como esquecemos o velho disco. Por pouco não senti ciúme de Francisco. É que Isabel parecia se divertir mais com ele do que comigo. Os avós dispunham de mais tempo para a neta. Eu e a minha mulher tínhamos que trabalhar.

Nina, numa empresa de relações-públicas, passou um dia a se destacar no treinamento de pessoal. Começou a atuar como uma espécie de terapeuta de grupo e promovia jogos de convivência com funcionários, que depois, ao se estabelecer por conta própria, estenderia a outras firmas. Era ótima para criar exercícios imaginativos, e as técnicas de respiração e concentração que trouxe das velhas lições de ioga eram de grande ajuda. Ela quase hipnotizava participantes mais sensíveis.

Um dia, Bruno, com malícia, comentou comigo que ela poderia usar em seus grupos o DVD de Isabel. Os integrantes poderiam se descontrair e se divertir muito mais requebrando que nem Pai Francisco.

Como eu ganhava bem menos que minha mulher e começasse a ficar estressado com o risco constante de perder meu emprego de redator de malas diretas, decidi prestar um concurso público. Acabei me demitindo voluntariamente do banco para me preparar melhor.

Fazia um curso pela manhã, com alunos um pouco mais jovens do que eu. Estudava também em casa, tentando acertar os exercícios das apostilas, que reproduziam provas de concursos passados. Mas acabava tendo algum tempo para Isabel. Não que eu saísse dançando de um jeito exagerado e cômico na frente dela. Descobri que ela gostava de ouvir as histórias que eu lia em voz alta. Um dia, quando pretendia comprar mais livros para pequenos ou futuros leitores, achei um caleidoscópio, que trouxe para casa. Ela gostava de olhar, quietinha. Também costumava dormir no meu colo quando eu ainda estava no meio de uma leitura.

Passei a entender por que ela adorava quando Francisco vinha levá-la para um passeio. Meu pai não se incomodava em esperar num banco de jardim, enquanto ela se comportava de um modo bem diferente de quando estava comigo. Corria, brincava e gritava junto com outras crianças.

O cachimbo

Bruno brigou com Helena, que, enfim, aparece na história. Ainda não tinham filho. Eu também não, só que a barriga de Nina já estava crescida. Lembro-me de seus tornozelos inchados. O banco já se tornava um trabalho insuportável, mas era um feriado. Eu permanecia magoado e sem coragem de deixar para sempre uma mulher grávida. No entanto, podia viajar por uns dias com meu irmão, os dois sozinhos.

Como fazíamos na infância, dividimos o mesmo quarto na pousada. A praia sem sol, o tempo chuvoso. Eu me aborrecendo. Bruno, quando não lia, dormia. Não reclamava da mulher nem me dava a chance de maldizer a minha.

Estava uma tarde fria e ventava. Mesmo assim, fui caminhar na areia. O mar e o céu cinzentos, carregados como se fossem de chumbo. A mulher caminhava à minha frente. Só nós dois, e a natureza espalhando sua melancolia. Ela deixou que a ultrapassasse, mas depois que cheguei ao paredão no final da praia, reapareceu ao meu lado.

– Tempo propício para um suicídio – ela falou.

– Não precisa exagerar – retruquei.

– Dolores – ela se apresentou.

A contragosto disse meu nome, enquanto me voltei para examiná-la. Era pequenina, frágil, toda vestida na praia, sem dispensar uma jaqueta, os braços cruzados, se protegendo do vento.

– Seu nome não combina com a paisagem, mas o meu combina. O que quer dizer Lauro? – ela comentou.

Eu não sabia, nunca tinha tido a curiosidade.

– O que os nomes significam não tem nada a ver – eu disse. – Puro fruto do acaso.

Estava omitindo o tanto que me intrigara o nome de Tristão da Cunha, mas não ia me abrir com uma estranha. Então percebi que o paredão dando para um mar descolorido bem poderia ficar na região mais remota do mundo.

Dolores e eu poderíamos ter sido sugados por uma nave extraterrestre e depositados num canto desolado do local mais inóspito que existe. Resquícios de ideias tiradas de livros ou de filmes como *Matadouro cinco*.

Não me surpreendi ao aceitar o convite, quando ela abriu e tirou algo da pequena bolsa de pano.

– Quer fumar?

Não me pareceu fora de propósito o cachimbo de haxixe. Ela não disse onde tinha arrumado. Com o tempo úmido, demorou para conseguir acender. Enquanto tragava a fumaça, dispus-me a voltar ao passado, mas não reencontrei as preciosas pedras de vidro do caleidoscópio ou coisa parecida. Apenas me percebia lentamente acolhido por aquela atmosfera estranha, que permaneceu quando deixamos a praia.

Dolores tinha o corpo frio, os gestos lentos e uma atenção dispersa para o sexo. Não dormi no quarto que dividia com meu irmão. Nem a pousada era a mesma.

Ele, quando reapareci, não me perguntou nada. Continuava tão econômico nas suas palavras e na sua curiosidade a meu respeito.

No outro dia fez um pouco de sol, e saímos juntos para a praia. Dolores não apareceu. Imaginei que tinha regressado para o planeta de que tinha escapado. No ônibus, na volta, cismei com meu outro gêmeo, que vivia sem mim em Tristão da Cunha.

Foi mais fácil do que imaginei voltar para casa, para a minha mulher grávida e para o banco, para os gerentes e clientes a quem me dirigia com tanto desinteresse.

Vida careta

Nunca mais usaria uma droga, embora a condenação definitiva dessas substâncias que nos tiram da percepção habitual me pareça injusta. A alteração da consciência é uma possibilidade presente na natureza, certamente perigosa, pois, enquanto a experimentamos, podemos perder o autocontrole. Alucinações, que tanto me seduziam, podem resultar em uma situação terrível, desencadeando um medo mórbido do desconhecido.

Na verdade, eu tinha mais medo de nossas leis, de nossas prisões, do escândalo em que poderia me meter se me ligasse a traficantes. Isabel estava próxima de nascer, eu também tinha responsabilidades profissionais.

Poderia me informar sobre seitas como o Santo Daime, que nos proporcionam vivências semelhantes, dentro de uma rede de proteção religiosa. Foi uma resistência aos cultos e aos grupos que os praticam, cheios de regras de controle, o motivo de não me interessar por essa possibilidade de seguir minha atração pelas realidades paralelas.

Não significava, então, me resignar a uma existência pela metade. Eu me considerava aberto a acontecimentos fora do padrão de minha rotina. Acreditava que a vida poderia me oferecer mais alguns presentes e me dispunha a recebê-los.

Mas logo ela me mostraria sua face indiferente, recorrentemente hostil. Eu teria de enfrentar as dificuldades com minha mulher, além de admitir todas as limitações que uma criança traz para o tempo livre de seus pais. Teria de aprender a acordar à noite e a discutir com Nina e ter de lhe dar razão quando ela queria dividir as novas tarefas.

Fui resistente no começo, porque ainda ruminava a ideia de que ela tinha escolhido ser mãe à minha revelia e, portanto, caberia a ela enfrentar as consequências mais complicadas e dificultosas.

No entanto, não fugi, não saí à cata de novas aventuras, de outras Dolores soltas pelo planeta. Minha mãe e meu pai devem ter me preparado, com seu exemplo, para aceitar os pequenos golpes do destino. Ou nasci assim mesmo, sem grande tendência para me revoltar ou tentar fazer com que o mundo se dobrasse às minhas vontades.

Um dia, aprendi a preparar a mamadeira de Bebel, a experimentar no dorso da mão a temperatura do leite para que minha filha não queimasse os lábios ou a língua. Resisti, mas logo estava trocando suas fraldas, me admirando de que aquilo estava longe de me repugnar.

Comecei a esquecer que, disfarçada entre as reproduções de um atlas, Tristão da Cunha continuava existindo.

Cemitério

Francisco, Bruno e eu saímos uma vez sem minha mãe, que resolvera ficar longe de todos naquele domingo. Se mudasse de ideia, pelo menos Bolinha, caso ela aparecesse no quintal, poderia lamber sua mão ou pular em volta dela.

Meu pai saiu dirigindo sem rumo para fora da cidade. Bruno, chateado, estava ainda mais silencioso. Tinha presenciado a discussão de nossos pais. Fui poupado da cena, mas, mesmo se lá estivesse, seria menos afetado. Já sabia que Francisco e Lídia discutiam. Só não me interessava ouvir os detalhes. O primeiro tom de voz se elevando era um convite para eu me afastar. Meu irmão, se pudesse, interviria na discussão, querendo exercer seu senso de justiça e tomando partido de um dos dois.

Eu desconfiava que, daquela vez, Bruno teria sido o advogado de Lídia, pois lançava olhares de reprovação para o motorista que parecia não ter ideia para onde nos conduzia. Como precisava abastecer, parou num posto na entrada de uma cidade pequena. Resolveu de repente que poderíamos conhecer um novo lugar. Logo me animei.

Devagar, enveredamos por uma rua comprida, cercada de casas velhas. Algumas mulheres nos espiavam pela janela. Cruzamos com homens a cavalo ou de bicicleta. No final da rua, que parecia a única, havia um morro e uma igreja bem no alto, atraindo a atenção de meu pai, que estacionou por ali.

O interior da igreja estava vazio e meio escuro. Francisco, para minha surpresa, se ajoelhou diante de um altar lateral e começou a rezar para a imagem de um santo seminu, com flechas enfiadas pelo torso, por onde escorria uma tinta vermelha imitando sangue.

Bruno me chamou para a gente explorar o lado de fora. Antes de sair, perguntei se o santo era São Francisco. Meu irmão tinha certeza de que não era, já que não tinha barba nem usava uma túnica marrom. Depois vim a saber que se tratava de São Sebastião.

Imaginei que Francisco se sentia muito ferido pelas palavras de minha mãe, sempre mais agressiva verbalmente. Mas era uma impressão que não comuniquei a Bruno. Ele usaria uma série de argumentos que não deixariam dúvida de que, dessa vez, quem se sentia magoada era Lídia.

Então, lá nos fundos, vi um portão aberto. Era o cemitério. Nós dois fomos atraídos pela sucessão de túmulos, bem simples, a maioria apenas enfeitada com uma cruz, alguns com flores de papel colorido. Acabamos nos separando. Meu irmão examinava as datas gravadas, procurando pela mais antiga.

Queria calcular a idade do cemitério. Fui em outra direção, vendo que algumas sepulturas, mesmo gastas pelo tempo, continuavam sendo cuidadas.

Bruno estava longe e não adiantaria chamá-lo, para partilhar minha descoberta. Uma sepultura tinha a foto desbotada de uma menina chamada Lídia.

Pensei em minha mãe, sozinha lá em casa, e imaginei que, quando voltássemos, ela também tivesse morrido. Corri para perto de meu pai, que já se levantava, tendo acabado sua oração para o santo flechado. Pedi para a gente voltar para casa. Falei que estava preocupado com Lídia, mas quando Bruno chegou, meu irmão disse que estava com fome.

Fomos procurar um lugar para almoçar, achamos o único restaurante da cidade. Meu pai e meu irmão tinham no começo mais apetite do que eu. Fiquei muito intrigado com a mulher na cozinha, porque tinha uma corcunda pronunciada. Mas a comida, assim que provei, era muito boa e comi mais do que todos.

Na volta, estávamos muito quietos. Eu cochilava e de repente acordei de um sonho mal começado. Lídia, que felizmente não era minha mãe, tinha sido envenenada por uma bruxa. Ela detestava crianças que não gostavam de sua comida.

Francisco tinha uma expressão aliviada. Rezar devia fazer bem, mas eu não gostava de rezar, e nós raramente íamos à igreja. Não me lembro mais com que cara minha mãe nos recebeu, mas acho que no dia seguinte ela e meu pai já pareciam normais.

O eco

Uma vez, e nós éramos bem pequenos, Bruno deixou cair uma xícara em que tomava leite e ela se partiu em pedacinhos. Minha mãe se preocupou, quis verificar se ele tinha se ferido ou se queimado com a bebida quente. Ele começou a chorar, não porque tivesse se machucado, mas por ter quebrado a louça. Só de ouvir os gritos de meu irmão, sobretudo assustado, também me pus a berrar. Nós dois chorávamos juntos naquela época, mesmo se só um se machucasse ou sentisse alguma dor.

Outra vez, quando tínhamos sido separados na escola, ele veio para casa estranhamente quieto. Não queria conversar nem brincar comigo. Entrou antes de mim no quarto e quando cheguei, um pouco depois, vi meu irmão chorando, sem que eu entendesse a razão. Sem ter testemunhado o fato – a professora o tinha repreendido e ele se sentia injustiçado –, não consegui chorar com ele. Creio que foi a primeira vez.

Não entendi por que fiquei com raiva de minha mãe. Só sabia que foi Lídia quem insistiu para que a gente ficasse naquela situação, estudando em salas separadas. Muito mais tarde pensei que minha mãe, a escola, as ideias que as revistas disseminavam acabaram, juntas, fazendo com que não fôssemos mais o eco um do outro.

Quando mudamos de colégio, ao saber que ficaríamos o tempo todo bem perto, senti um prenúncio de felicidade. Mas nada seria como antes. Não tivemos coragem de ocupar as carteiras contíguas. Outras crianças ficavam mais perto de nós.

Logo em seguida veio aquele cachorro se insinuando para mim, talvez porque percebeu o desinteresse de meu irmão por ele. Eu entrei no jogo de sedução de Bolinha. Sofri por causa dele uma tristeza que meu irmão não partilhava.

Então passamos a ter segredos um para o outro. Bruno arrumou amigos que não me interessavam tanto e também não se tornou íntimo dos colegas que mais tinham afinidade comigo. A partir de nossa adolescência, as pessoas estranhas começaram a se surpreender com o fato de que éramos gêmeos.

Não sei exatamente quando nem quem foi o primeiro a se afastar, mas, felizmente, não éramos siameses. Nunca me orgulhei do fato de que eu era, antes de tudo, Lauro, mas não me doeu nem me senti um traidor, muito menos ter sido traído, quando nosso nascimento quase simultâneo passou a ser apenas um dado diferente de nossas biografias.

Do lado do Buda

No nosso primeiro apartamento, no centro da cidade, havia um segundo quarto que usamos de escritório, pois não teríamos filhos. Tínhamos um armário extra, uma estante com livros, uma mesinha para a gente escrever ou ler, ainda sem computador, pois na época ninguém imaginava ter um em casa.

No chão, uma grande almofada lilás. Na prateleira mais alta da estante, uma imagem de Buda, um porta-incenso, uns cristais, apetrechos para Nina meditar. Algumas vezes lhe fiz companhia, sentado no chão, porque não me cabia na almofada. Eu até achava interessante tentar não pensar, me esvaziar da influência das coisas pouco agradáveis ou gratuitas do dia a dia. Não me concentrava muito tempo, sobretudo quando minha mulher começava a cantar mantras, pois logo desafinava.

Ela apareceu um dia com um livrinho de invocações de seres espirituais, que seriam regentes ocultos do mundo, para dar um início diferente à velha prática. Embora a nova informação tivesse despertado minha curiosidade, ia perdendo a pouca disciplina para seguir adiante. Mais que abrir meus sentidos, aquela postura, depois de algum tempo, levava geralmente a um entorpecimento do corpo. Até que me interessaria um contato com um ser de outra realidade, mas não percebia o menor sinal de nenhum deles, várias vezes interpelados nas sessões seguintes.

Estava claro que eu não tinha nenhuma mediunidade. Ou os mestres preferiam me ignorar, pois meus esforços não significavam quase nada. Passei a deixar Nina sozinha com Morya e o Conde de Saint-Germain, personagens resgatados dos antigos teósofos. Ia ler na sala, ouvir música. Nina ainda perseguia a evolução de sua alma, tentando um contato tardio com espíritos de outro século.

Ela lamentava a falta de concentração de minha parte, mas, com o tempo, foi deixando o livrinho de lado. Começou a trazer tarefas do serviço para casa, coisa que eu jamais fazia. O escritório foi deixando de ser um pequeno templo, mas minha mulher ainda insistiu com a *hatha ioga*, suas posturas e respirações. Só depois que Isabel nasceu, trocou as ásanas pela bicicleta e a esteira da academia.

Não era todas as noites que ela ocupava o escritório e comecei a usá-lo, também para ler. Na sala, ouvia barulhos dos vizinhos e até do elevador, grudado à nossa porta. Ali, com mais tranquilidade, havia momentos em que tirava os olhos do livro que eu lia, a ficção aos poucos tomando o lugar da poesia, e me detinha na observação daquele Buda de pedra entre dois cristais que permaneciam foscos em sua suposta transparência.

Os olhos rasgados e fechados de Buda, na exótica posição de lótus, me provocavam um estranho distanciamento.

Numa manhã de sábado, detive-me a olhar a vitrine da loja no térreo de nosso prédio. O Natal estava longe, não havia nenhum presépio à vista. Mas a loja estava cheia, havia sobretudo mulheres mais velhas. Decidi entrar e examinar os produtos, além das estátuas de gesso pintado exibidas para quem passava na rua.

Ninguém se incomodou comigo. Não me aproximei do balcão das estampas, pois eram a mercadoria mais disputada pela clientela. Nas prateleiras do fundo, imagens menores do que as da vitrine. Uma infinidade de santos coloridos.

Um desfile estático de homens e mulheres em trajes religiosos, como Antônio e Francisco, que eu era capaz de reconhecer. Mas havia soldados romanos e uma mulher de aparência medieval com uma bandeja contendo dois olhos humanos e segurando também uma palma, o que me fez entender que tinha sofrido algum martírio. Outros seguravam ramos de lírios brancos.

Com um saiote vermelho, seminu, os braços amarrados para trás e duas flechas enfiadas no torso, reconheci Sebastião, o santo equivocado de meu pai, que tinha o nome do outro, o monge que amava a pobreza e os animais.

Quando passado um tempo voltei à loja, já sabia onde ficava a imagem. Levei para casa, coloquei do lado do Buda. Nina, se é que se surpreendeu, não comentou nada. Mais do que eu, tinha um espírito ecumênico, pois costumava ir à igreja.

O mundo não é uma batata

Não sei dizer se tive uma infância feliz, mas posso assegurar que era uma criança geralmente alegre e, sobretudo, otimista. Com meu irmão sempre disposto a brincar comigo, não conhecia os desassossegos que, com o tempo, fui descobrindo.

Francisco e Lídia raramente me deixavam sobressaltado ou ansioso. Mesmo suas disputas, que custei a perceber, não me afetavam tanto. Bruno é quem se incomodava de verdade com as discussões e em seu casamento passou a ter um comportamento semelhante.

Impossível dizer qual de nós dois tenha o saldo de momentos e recordações mais agradáveis, mas desconfio que possa ter sido eu, pois, mesmo consciente de meus limites, ainda permaneço otimista.Para mim, a vida era leve, pois minha mãe cuidava de mim, e meu pai, embora menos disponível, me passava uma atitude tranquila com sua postura diante do mundo. Lídia dizia que eu era tão aéreo quanto Francisco, pois não nos deixávamos afetar pelos acontecimentos mais corriqueiros à nossa volta.

Ele tinha uma tendência parecida com a minha para reparar nas coisas bonitas. Foi quem me ensinou a reparar no pôr do sol e nas cores mutantes no céu.

Eu realmente achava o mundo bastante gracioso, com as árvores, os bichos, as águas. Não entendia por que minha mãe tinha medo de cobra e nojo de barata. Só com os urubus não conseguia simpatizar. Os outros pássaros me faziam ter certa inveja de sua capacidade de voar, mesmo que os filhotes nascessem tão feios.

Logo aprendi que a Terra era azul, pois Gagarin, o primeiro astronauta, assim a descreveu. Guardei para sempre o relato. Ele foi ao espaço, muito além de qualquer pássaro ou avião, e pôde ver nossa casa em comum de longe, toda redonda e azul.

Existia aquela outra sensação difusa, de um Deus responsável por um espaço diáfano, com seu olhar condescendente sobre tudo o que era vivo. Já reconhecia a tocaia constante da morte, mas percebia que a vida era renovável.

Chegou um dia, muito tempo depois, em que vi um filmezinho bastante decepcionante. Era uma simulação tridimensional de como a Terra era vista de algum satélite. A forma era praticamente a de uma batata. O pior é que a área azul era pequena, havia muitas partes berrantemente amarelas e vermelhas.

O planeta tubérculo ficou alguns meses atravessado em minha garganta, até que o acaso me fez ler um dia um desmentido: a imagem era apenas um estudo sobre os impactos da gravidade, as cores eram um artifício para mostrar as áreas mais ou menos sujeitas à força gravitacional. Sua divulgação pela internet era a ação cheia de má-fé de um bando de pessimistas, interessados no enfeamento do mundo.

Nosso planeta também não é tão achatado. Pude depois ver um filme de duração maior, com tomadas feitas de uma estação espacial. Embora relativamente próxima e a princípio bastante nebulosa, o que até lhe dava um ar mais misterioso, a Terra se mostrava de fato azul e com contornos redondos. A noite caía linda no meio do filme, depois de um crepúsculo alaranjado, daqueles que inebriavam meu pai e o levavam a compartilhar comigo sua contemplação. O relevo do planeta não era tão diferente do que tentavam dizer os mapas físicos do velho atlas. A Antártida era branca.

O mais consolador era a música que colocaram ao fundo, um trecho de *Assim falou Zaratustra*, de Richard Strauss, um truque infalível para nos envolver. Músicas que acompanham filmes sobre o espaço estelar sempre insinuam a harmonia presente na amplitude celestial. São ecos do fascínio grego pela harmonia e a simetria, supondo uma música das esferas para representar a beleza perfeita do cosmos.

Manter a confiança em meus planisférios, além do testemunho de Gagarin, valia a confirmação de meu otimismo. Afinal, a beleza não tinha sido expulsa do mundo, que não transformaram numa disforme batata.

Arminda

Chico nasceu um ano depois de Isabel. Minha filha de imediato se encantou com o primo. Ele, mais retraído, retribuía a afeição de modo calmo, muito diferente da irritação de Bebel com os amiguinhos e amiguinhas que surgiam na vida do novo Francisco.

O menino, para minha surpresa, ganhou o nome do avô. Não imaginava que Bruno admirasse tanto nosso pai. Não sei porquê, quis me convencer de que a ideia do nome seria de sua mulher, Helena, sempre interessada em uma boa relação com os sogros, mas ela me disse depois nada ter com a escolha.

Aos poucos entendi que minha filha gostaria de ter um irmão gêmeo, pela mania de brincar com o primo como se os dois fossem iguais ao tio e o pai.

Já vivendo na calma de meu serviço público, premiado com uma carreira estável e sem muita competição, dispunha de mais tempo para ser pai do que Bruno. Estava também mais disponível para nossa filha do que Nina, frequentemente atrapalhada entre as obrigações de mãe e as solicitações profissionais.

No princípio, Helena levava os meninos para a escolinha, mais tarde passei a dividir com ela a tarefa de motorista. Nossos filhos não frequentavam a mesma sala, mas no carro Isabel falava e falava, contando para ele tudo o que passava sem sua companhia. Nos intervalos, ele dizia alguma coisa.

Bebel foi quem me chamou a atenção para a menina e sua mãe. A colega de Chico, Maria, era uma menina quietinha, mas também muito bonita. Minha filha se incomodava com sua presença, pois o primo parecia gostar muito da companhia de Maria.

Naquela tarde, final de aula, Isabel tinha saído primeiro, e esperávamos pela outra turma, ligeiramente atrasada. Chico e Maria só apareceram, lado a lado, depois de todos os outros. Bebel correu para separá-los, trazendo o menino pela mão. Então se virou para a mulher, em quem eu não tinha reparado.

– Vai buscar sua filha – ela disse, com um tom autoritário que provocou o riso da mãe de Maria.

O jeito de rir me lembrou alguém, e me vi perguntando, antes de observar melhor seu rosto:

– Dolores?

Ela fez um gesto negativo, e percebi que não poderia ser quem imaginei. Não era tão pequena de corpo, nem exibia aquela falsa aparência de fragilidade. Lógico que eu tinha me enganado.

– Arminda – e me estendeu a mão.

Ao contrário da criatura da praia, sua mão era quente, ao mesmo tempo suave e decidida.

– Pai!

Bebel me chamava impaciente, pronta para recolher e levar para o carro seus dois homens.

Arminda sacudiu os ombros e voltou a sorrir. A mãe era muito menos tímida que a filha. Maria não respondeu ao tchau dado por Chico. Nem olhou para mim, mas aceitou o beijo da mãe, que praticamente se ajoelhou diante da menina para demonstrar seu carinho.

Imitei Chico e acenei para as duas. Arminda me olhou, assim que se afastou um pouco da garotinha. Fez, então, um gesto com a palma da mão que não entendi. Como se me avisasse para eu esperar algo, uma outra vez.

Gota a gota

Gostava de ver o líquido amarronzado cair do conta-gotas e ir aos poucos colorindo a água do copo. Também gostava do remédio na minha língua, aos poucos envolvida por um toque doce e pastoso, que lembrava anis. Sabia, principalmente, que iria acabar com a dor de barriga. Eu costumava ter cólicas, muito mais que meu irmão.

Ficar doente era uma rara ocasião de ficar a sós com Lídia. Minha mãe deixava que eu repousasse a cabeça em seu seio. Eu sentia sua respiração e o calor que emanava de sua pele, atravessando o tecido leve da roupa. As gotas faziam efeito, as pontadas no ventre iam cessando, eu adormecia. Não percebia minha mãe se afastar, mas permanecia a sensação de estar unido a ela.

Não tenho, por mais que gostaria, uma lembrança definitiva de ser amamentado, apenas a vaga sensação do olhar de Lídia sobre nós dois, cada um dos gêmeos sugando ou tentando sugar um de seus seios. Das mamadeiras ainda consigo me recordar. Mas do colo de minha mãe me lembro nitidamente, associado ao remédio cujas gotas me acalmavam.

É uma impressão muito mais forte do que o impacto de sua voz descontrolada, sempre mais alta do que a de meu pai, fazendo com que eu escapulisse de perto dela e do desfecho daquele conflito entre dois adultos.

Eu não grito com Nina nem ela comigo, mas já vi Bruno e Helena tão alterados quanto Lídia e Francisco. Meu irmão e minha cunhada, por outro lado, não são muito adeptos de carinhos em público, ao contrário de meus pais.

Às vezes desconfio de que Francisco e Lídia se amavam, apesar de tudo. Tinham claramente seus momentos de carinho, gestos de cuidado um com o outro. Eu mesmo tenho momentos assim com Nina.

Um dia perguntei à minha mulher por que decidiu viver comigo. Ela se espantou com o assunto, não sabia me responder de um modo preciso. Falou de meu humor, de minha boa disposição, de minha índole, de certa forma se sentia atraída pelo homem de alma delicada.

Ela foi a mulher que me atraiu logo, que despertava minha admiração, mas um dia pensei não suportar sua personalidade controladora e astuciosa, o que nos afastou por um bom tempo.

Nunca soube de um caso seu com outro homem, mas seria capaz de ter em segredo suas aventuras. Pois eu não tive as minhas?

Nina e eu desenvolvemos um pacto secreto, nunca comentado pelas partes interessadas, de mútua convivência. Eu precisava da mulher ao meu lado, que sempre desejei. Ela parecia segura com minha companhia.

De modo parecido, tranquilizava-me saber que ela estava por perto. Quase uma repetição do que acontecia comigo e minha mãe. E que me fazia não prestar tanta atenção em meu pai.

Só fui me dar conta de que Francisco era capaz de me fascinar quando o vi de joelhos diante da imagem do santo amarrado e flechado.

Se minha mãe me trazia para um lugar seguro, ele me apontava um território ao mesmo tempo estranho e interessantíssimo.

Conflitos

Minha disposição para me afastar do mundo cotidiano, sem nenhuma dúvida, veio de meu pai. Francisco atiçou minha vontade de entender quem ele era, e acabei aceitando melhor um lado meu.

Não foi sem conflitos que me reconheci, como ele, virando as costas para a realidade, mesmo que me motivasse a busca de um sentido além dela.

Ainda bem jovem, li um livro sobre viagens astrais, quando o espírito ou a alma abandona a carne e vaga por esferas de um universo mais sutil. Secretamente, antes de adormecer, esperava o momento em que, por um fio de prata preso ao meu umbigo, meu corpo etérico se separaria do eu habitual e começaria uma aventura inimaginável. Sempre acabei dormindo, nem em sonho conheci o astral e evidentemente cuidei de não comentar aquilo com meu irmão.

Mais tarde, já convivendo com Nina, estranhei certas atitudes dela e que são comuns nas pessoas que adotam os mesmos valores. Uma que especialmente me incomodava era o desprezo pelas pessoas que comiam carne, como se vegetarianos e espiritualistas estivessem num degrau de evolução acima dos outros.

Por fatos assim jamais estive à vontade em algum grupo. Os amigos de Bruno nunca me interessaram com suas ideias de revolução social. Aliás, todos eles, na medida em que envelheciam, deixavam para trás comportamentos e virtudes que defendiam. Foram aderindo ao consumo de coisas e hábitos caros, mas cultuando seus velhos ídolos, cuja palavra continuava tão santa quanto a Bíblia dos cristãos.

Ainda posso, para meu conforto e consolo, abrir o velho atlas e procurar minha ilha. Tristão da Cunha continua na mesma página, na mesma marca minúscula.

Depois de anos de esquecimento, vislumbro seu penhasco, mesmo que ele se pareça ao paredão da praia onde experimentei haxixe com a estranha Dolores. Se, em minhas frustradas meditações, nunca saí flutuando pelo espaço etéreo, posso visualizar o outro, que caminha, fustigado pelo vento, diante do mar muitos metros abaixo, sujo de sargas, mas refletindo o sol.

Meu tardio gêmeo secreto, quase sempre ausente, insinua a atmosfera que me falta e da qual ressinto a difícil distância.

Viagens

Quando fomos para o Rio de Janeiro, eu me lembro do carro na estrada e da sensação de que não chegaríamos nunca. Bruno dormiu logo, minha mãe e meu pai pouco falavam. Eu pensava em Bolinha, que tinha ficado para trás aos cuidados da Penha, que trabalhava lá em casa naquela época. Depois me entediava, desistindo de contar os carros e os caminhões que vinham em sentido contrário.

Então chegamos em Copacabana de repente, porque eu também tinha dormido, já no final do trajeto. Íamos pela avenida, entre prédios, mas a cada esquina podíamos ver um pedaço do mar. Meu pai chamou nossa atenção. Não conhecíamos o mar, meu irmão e eu.

No começo vi os guarda-sóis, os corpos de maiô na praia, sobre as nesgas de areia. Então, na esquina seguinte, percebi o mar. Era azul, não era verde como eu pensava, o atlas tinha razão. Mas era um azul bem mais bonito, mais escuro.

Só no dia seguinte pisaria na areia, molharia o corpo e me apaixonaria pelas espumas. Não imaginava que o mar tivesse tanta espuma, embora já soubesse das ondas. Uma noite, tomamos sorvete e depois passeamos pela calçada ao longo da praia. O mar ficava praticamente negro, mas eu continuava vendo a espuma e ouvindo o barulho que as ondas nunca deixavam de fazer.

Já estávamos na faculdade quando Bruno e eu fomos conhecer São Paulo. A princípio não nos pareceu bonita, mas particularmente gostei da Avenida Paulista, do Parque do Ibirapuera, do Museu de Arte, o quadro de Renoir, as estátuas das bailarinas. É como se o mundo se tornasse mais próximo. Primeiro o mar, a avenida cheia de hotéis e restaurantes no Rio de Janeiro. Depois os arranha-céus e os museus em São Paulo.

Estávamos prontos para Paris, mas era longe e caro. Então, eu, Nina e Bruno fomos ouvir espanhol na Bolívia, mais acessível, barato e perto. Veríamos a neve nos Andes, veríamos mulheres mestiças cheias de saias e chapéus diferentes, conforme o lugar de onde vinham. Também veríamos lhamas e diversos tipos de milho. Mascamos folhas de coca para que nos adaptássemos à altitude. La Paz, aprendia, fica dentro de um vulcão extinto. Perto do Titicaca descobrimos aquela outra Copacabana. Bruno conheceu uma mulher ruiva, vinda da França e que nos colocaria numa situação embaraçosa.

Muitos anos depois, finalmente Paris. Eu e Nina, ela talvez secretamente grávida de nossa filha. Ou quem sabe, foi ali que jogou fora suas pílulas. Isabel pode ter sido concebida no quarto estreito do hotelzinho no Quartier Latin.

Mais que os monumentos (afinal, os cartões-postais e os filmes nos privavam da surpresa de um olhar desarmado), eu me impressionei mesmo foi com o rio, e nem tem largo era o Sena. Depois comprovei que o Tâmisa e o Tejo tinham mais amplitude. As ilhas e as pontes lhe davam um charme especial, mas a água correndo, de um cinzento mais vivo do que o céu ou as paredes dos prédios, chamou minha atenção de um modo inusitado. Até então nunca tinha reparado em um rio, talvez porque os nossos fossem tão selvagens e barrentos. O Sena dominava Paris, me parecia o centro de tudo.

Os barcos nos rios sempre são menos ameaçadores do que os grandes navios no mar. No lago Titicaca, havia os barcos mais estranhos, feitos de junco. Nós nos deslocamos dentro de um deles, Nina, Bruno e eu. Sobre a água gelada, sem reparar muito nas margens, olhando o céu. Sem meu irmão, atravessamos lentamente o Sena, as construções de cada margem brigando por nossa atenção.

Passeio

No carro, Maria, Arminda e eu, uma falsa família retornando à cidade, como há muito tempo havíamos feito meu pai, Bruno e eu.

Maria dormia no banco de trás. Não percebia a pressão de minha mão sobre a coxa da mãe dela, nem a mão de Arminda passeando por minha coxa. Era verão e usávamos bermudas mais curtas.

Voltávamos de um raro passeio, aproveitando uma viagem de Nina com Isabel. Minhas férias não tinham coincidido com as dela, quando pude ficar sozinho e até receber em casa a outra mulher, que, à noite, não quis levar a filha.

Isabel, se soubesse o que eu estava fazendo, iria talvez reagir ainda pior do que Nina. Não só porque Arminda se meteu, secretamente, na cama de seus pais, mas sobretudo porque era a mãe de Maria, sua pequena rival. E o mais grave, sem dúvida, seria aquele passeio das duas criaturas no meu carro e sem ela.

Tínhamos ido apenas a um restaurante no campo, depois de visitar uma gruta, que me interessou muito mais do que às mulheres. A pequena sentiu medo do ambiente sem luz natural e com pouco ar. Arminda se queixava por não usar um calçado adequado. Eu, por minha vez, me sentia seduzido pelo ambiente escondido entre as pedras, amostra sucinta de um universo subterrâneo. Imaginei a possibilidade de uma gruta semelhante em um dos penhascos de Tristão da Cunha.

Talvez, assim como Maria, Isabel não curtiria o lugar, escuro e abafado. Chico, animado para explorar coisas fora da rotina, certamente gostaria. Confesso que, mais de uma vez, cheguei a sentir vontade de trocar minha descendência com a de meu irmão. É que Bebel, na medida em que crescia, ficava muito parecida com Nina, senhora de quase todas as situações. Chico, curioso e solícito, embora calado como Bruno, mostrava, como eu mesmo, um comportamento mais afável.

Já sabia o quanto ele estava enamorado de Maria, dotada da beleza e da suavidade de um anjo, o que faria Isabel sofrer uma dor de cotovelo não muito comum em garotinhas de sua idade.

E lá estava eu, me aproveitando das férias de minha mulher e da ausência de minha filha, em vez de me preocupar com a possibilidade de Isabel me detestar um dia.

Creio que Arminda e eu baixamos muito a guarda, gozando da liberdade imprevista. Ela deixou Maria com os avós para ficar mais uma vez comigo. Tínhamos acabado de acordar, quando Bruno apareceu sem aviso.

Nem pudemos fingir que não havia ninguém em casa. Meu irmão saiu do elevador no momento em que eu estava com a porta aberta para recolher o jornal que o porteiro tinha deixado do lado de fora.

Se passou a deter uma informação muito comprometedora sobre mim, não agiu como inimigo. Na hora até riu e se retirou sem alarde. Depois comentou, com um gracejo que eu não esperava, o fato de que eu e Chico tínhamos um interesse especial pelas mulheres da mesma família.

Elogiei sua discrição, confiante na proteção do irmão gêmeo.

– Vai ficar me devendo essa – ele voltou a brincar.

Helena

Ela já ameaçava entrar neste relato e enfim aparece, protagonista deste capítulo. Sem estardalhaço, do jeito que realmente é. Não mostrou, ao surgir em nossa vida, uma personalidade tão marcante quanto Chantal e Elvira e tinha contra ela o fato de ser irmã do colega mais chato de Bruno. Era bonitinha e, no começo, apenas isso. Levei algum tempo para aceitar minha futura cunhada.

Estudava Jornalismo na mesma universidade em que meu irmão e Humberto se preparavam para ser historiadores. Aquele rapaz extremamente radical em suas crenças, sempre provocando as pessoas, era o clichê ambulante do jovem marxista. Fiquei perplexo quando o ouvi justificar os crimes de Stalin em nome da implantação do socialismo. Sempre desconfiei de que, para ele, Nina e eu não passávamos de *hippies* frustrados e superados pelo contexto histórico. Eu não queria ver meu irmão influenciado pelo colega, com sua mania de imaginar quem iria para o paredão e o fuzilamento quando o comunismo triunfasse no país. Lembrava um tresloucado jacobino da Revolução Francesa.

No entanto, eu podia confiar na racionalidade e no bom senso de Bruno. Se ficou tão íntimo de Humberto foi por ter se interessado por Helena. A menina se esforçou para ter uma boa convivência comigo e com a minha namorada. Minha desconfiança foi cedendo e levou tempo para eu perceber que ela tinha algo em comum com o irmão. Ao fanatismo político dele, contrapunha um feminismo quase caricato.

Helena adorava falar mal dos homens, sabia detalhes das histórias das sufragistas, durante um tempo não raspou as pernas nem as axilas, como não usava sutiã. Criticava as mulheres que eram servis aos seus homens, mas nunca exigiu que Bruno dividisse com ela as tarefas domésticas assim que se casaram. Eu me comovia com a maneira como ela se desdobrava em casa e facilitava o máximo possível as coisas para o marido. Depois trataria de Chico como qualquer mãe antiga, protetora ao extremo. Nesse tempo, Humberto foi se afastando de nós.

O feminismo era um discurso que ela insistia em manter em público. Passou a atuar como radialista, participando de um programa em que as mulheres se reuniam para criticar as últimas derrapadas da sociedade machista.

Mas em casa era uma mulher doce, que parecia ignorar o que ela dizia fora de seu lar. Aos poucos, foi conseguindo me cativar. Passou a ter um comportamento mais natural, deixando de lado a estudada simpatia com que se aproximou de nós.

Nina é que não se aproximou muito dela, embora frequentassem a mesma família, mães de crianças que conviviam praticamente o tempo todo.

Oxóssi

Quando passei a conviver com a estátua de São Sebastião, tive a curiosidade de saber mais sobre o herói de uma complicada história. O indivíduo representado naquela pose que evidencia seu martírio teria morrido duas vezes. Era um soldado cristão, infiltrado na guarda romana. Foi denunciado e preso, condenado a sangrar até o fim, a carne rasgada pelas flechas. Depois foi atirado nas águas de um rio, quando acreditaram em sua morte. Mas sobreviveu e foi salvo para morrer de novo.

Encontrado por Santa Irene, que cuidou dele e limpou os ferimentos, foi detido a mando do imperador romano e espancado até que, finalmente, perdeu a vida. Seu corpo, dessa feita, foi lançado no esgoto de Roma, resgatado e enfim sepultado por Santa Luciana.

No mundo afro-brasileiro transformou-se em Oxóssi, o orixá caçador, e passou a usar as flechas e o arco que o abateram. É ligeiro, astuto e hábil, o provedor de alimentos, capaz de atingir sua presa com uma única flechada. Também é o regente das artes e das coisas bonitas. Sentimentais, os filhos de Oxóssi, se buscam o amor, não gostam de ter a liberdade ameaçada.

Nina chegou a cismar que eu era filho de Oxóssi, tentando uma explicação inconsciente por eu ter trazido sua figura para o altar de Buda. Para mim, Sebastião continuava o mártir católico, e me impressionei mais com suas duas mortes e a presença das duas mulheres santas, preocupadas com a limpeza de seu corpo. Mas me surpreendia como, na mitologia dos escravos, o caçado se transforma no caçador, as flechas de sua tortura passando a instrumento de sua sobrevivência.

Quando nos mudamos, Nina trouxe Sebastião e Buda para o novo apartamento. Eles foram colocados no mesmo corredor, um voltado para o outro. A serenidade em pedra do príncipe iluminado do oriente. A agonia do belo soldado despido, ainda no começo do cristianismo. A pacífica plenitude de Buda e a dor prolongada do capitão romano eram dois fortes opostos. O que cessou de desejar e o que tem o corpo sangrado.

Tenho certeza de que Francisco mal sabia da existência dos orixás. Era um homem que rezava porque estava aberto aos mistérios que não entendemos. Um homem que amava uma mulher que, com alguma frequência, o fazia sofrer. E não houve, no final, nenhuma Irene ou Luciana que cuidasse de suas velhas e secretas feridas.

Meu pai sobreviveu à minha mãe, permaneceu viúvo, quando nada impediria que se casasse mais uma vez. Sozinho, Pai Francisco parecia, cada vez mais, o boneco desengonçado que oferecia aos netos o tempo que não brincou com os filhos.

Luto

Quando Bolinha sumiu no mundo, devo ter ficado muito desolado, o que provocou a comoção de Bruno. Ele, que tinha se tornado único dono de nosso atlas, resolveu me dar de presente a coleção de mapas, elo sobrevivente de nossa infância.

Continuou difícil por vários dias ir ao quintal da minha casa, mas o atlas daí por diante estava do meu lado da estante, entre minhas leituras pessoais.

Quando Lídia morreu, muito tempo tinha se passado. Ela ficou doente, sofreu, visitou o hospital várias vezes. Não foi nada de repente, mas chegou o dia em que fui de novo abandonado, mas não podia dizer que era o único.

Não tinha nada tão especial para dar ao meu irmão, a não ser dividir com ele a mesma perplexidade. Nós estávamos preparados para o que ia acontecer, pois ela não se foi da noite para o dia, e seu demorado sofrimento tornava a morte mais aceitável. Mesmo assim, eu me senti sem rumo ao registrar a separação definitiva. Parecia que uma pedra esmagava meu peito. Não perguntei ao meu irmão gêmeo se ele passava por algo parecido, no momento em que ficamos sabendo da morte de nossa mãe. Quando olhei para Bruno, imaginei que ele estava sem ar. Sem dizer nada, só abria e fechava a boca.

Quando, um dia depois, voltamos do cemitério, eu me lembrei do que nós tínhamos visitado com meu pai, aquele com o retrato da menina Lídia em um dos túmulos. Daquela vez tive o prenúncio do medo de perder minha mãe. O que só aconteceu quando já éramos adultos, e eu podia entender que todos temos de passar por esses dias tão difíceis de suportar.

Bel e Chico ficaram com Helena, pois Nina argumentou que não deviam ir ao cemitério. Eu achava que deveriam ir, mas depois fiquei em dúvida ao ver Lídia no caixão, debaixo de flores, ausente e lívida como se fosse de cera.

Talvez sonhasse com nossa mãe nas noites seguintes, pois acordava agitado e suando. Passei a pensar nela muito mais jovem, pingando na água de um copo as gotas que abrandariam minha cólica. Foi quando mal queria conversar com Nina. Minha mulher até quis me consolar, mas eu preferia me afastar. Ela, então, se dedicou a distrair nossa filha, achando que minha angústia fosse contaminar Bebel.

Eu e Bruno passamos a ficar mais perto de Francisco, que se fazia de um viúvo valente, sem chorar ou se lamentar diante da família.

O atlas já andava esquecido e continuou assim. Tristão da Cunha se dissipou por um bom tempo, com seus ingleses de segunda classe e sua lonjura.

Asas

Cada vez menos tinha a companhia de Nina para meditar diante da imagem de Buda. Ela, exausta, adormecera ao lado de nosso bebê. Pude examinar seu rosto, a expressão alheia, a respiração seguindo o ritmo de seu sono. Estava tão afastada, talvez visitando o sonho da filha.

Voltou à minha mente sua imagem no espelho, nossos olhares se encontrando, quando superei o medo de a ver perdida em outra época. Tive vontade de vislumbrar, mais uma vez, o outro lado do tempo.

Passei pelo chuveiro para me lavar das vibrações do dia que pudessem ter contaminado minhas emoções. Até me lembrei de queimar um incenso de sândalo, perfume que não achava tão doce quanto o cheiro de rosas que minha mulher preferia. E me sentei sozinho na almofada lilás. Só não quis usar nenhuma das fitas cassetes que Nina punha para melhor se concentrar, com música celta ou mantras hindus.

Queria muito ficar em paz. Ainda me ressentia das mudanças que um bebê provocara em nosso cotidiano e não tinha cessado de recriminar o fato de Nina ter dispensado minha aquiescência para me tornar pai. Enquanto minha respiração se acalmava, mantinha os olhos fechados, absorvendo o aroma que a fumaça espalhava pelo quarto escurecido.

Há muito desconfiava de que chegar ao silêncio é impossível, quando o mundo é uma fonte permanente de rumores. Também sabia ser impossível lutar contra os pensamentos, sempre prontos para invadir minha atenção. Mas poderia escolher algum e me deter nele, deixar que se expandisse e me comunicasse alguma coisa.

Não via o Buda, ou sua figura tão perto de mim, mas podia tentar imitá-lo. Meu modo de sentar imitava o dele, embora minhas pernas e joelhos prometessem em breve ficar doloridos.

Em lugar de tentar entender sua atitude, comecei a pensar no tamanho desproporcional de suas orelhas e nos cabelos encaracolados, que não combinavam com a aparência de um indiano e me forcei, então, a não me fixar na representação interna de sua imagem.

Voltei a cuidar só da respiração e depois atentei no barulho em volta, um zunido que parecia aos poucos se acalmar. Aquela espécie de vai e vem do mar. Havia, por trás dele, balbucios infantis. Do nosso bebê. De Bruno. Meus.

Passei a me sentir dentro de um corpo infantil. Voltei, de súbito, a me impressionar com o olho singular de Deus. Um olho castanho emoldurado pelo triângulo, irradiando luz entre as nuvens. Na primeira vez em que viajei de avião, alguma coisa que não identifiquei me intrigou. Agora eu sabia. Numa daquelas nuvens, podia estar adormecido o olho divino.

Não abri meus olhos, mas respirava a fumaça do sândalo. Sabia que Deus não viria até ali para me olhar, não se preocuparia com minha desimportância humana.

Mas as camadas incessantes de sons, tal uma sucessão de ondas vindo até a praia, foram superadas por um ruído especial que parecia deslocar o ar à minha volta. Reconheci asas batendo, asas de um grande pássaro, que não se mostrava fisicamente. Tinha a certeza de que voavam em torno de mim. Pensei nos anjos. Um deles pode ter vindo parar ali durante minha tentativa de meditar.

Eu não abri os olhos externos nem fui visitado por uma visão interna. Apenas ouvia e sentia o movimento forte das asas passando bem próximas, quase me roçando. Logo voltei à condição habitual, mexendo meu corpo e percebendo que a varinha de incenso já tinha sua brasa apagada.

Não aconteceu de novo, mas eu raramente tento meditar. Até tinha me esquecido da experiência. Nina achou que era real, quando lhe contei. Bruno, se ficasse sabendo, diria que eu estava apenas no início de um sonho abortado.

A mãe de Maria

A retraída Maria costumava, do nada, abalar outras mulheres, pois até Arminda, segundo me confessou, se sentia insegura diante da aparência cativante da filha. Ela facilmente despertava o interesse dos homens, ávidos para protegê-la e atraídos por sua beleza desestabilizadora. Os olhos, de um castanho quase dourado, eram um ímã para qualquer olhar, adulto ou de outras crianças. Mas eu podia ver que isso não lhe agradava, já que quase sempre procurava tê-los bem baixos, quase pedindo desculpas por aquele fascínio que não parecia terreno.

– Você já reparou na hora em que ela resolve encarar alguém? As pessoas sempre se desconcertam – me falou a mãe.

Ela só se abriu comigo depois que fizemos as pazes após um desentendimento. Eu sentia uma atração por ela muito mais palpável do que a eloquente brandura que a menina emitia. Para mim, embora já madura, pois era alguns anos mais velha, Arminda era dona de uma sensualidade à qual não estava habituado.

Eu notava que, ao contrário da filha, gostava de revelar e exercer seu poder sobre mim. Começava a me irritar seu ar de condescendência ao se entregar à minha afoiteza um tanto desajeitada. Imaginava que eu não fosse o homem conveniente para ela, pois não sou um tipo que se impõe e tem prazer em submeter as mulheres.

Um dia ela marcou um encontro no estacionamento de um supermercado, deixou-me esperando e não apareceu. Quando liguei, reclamando, disse que tinha ficado deprimida e não se sentiria uma boa companhia.

– Mas custava avisar? – reclamei, sentindo-me cheio de razão.

Será que ela achava agradável – fiz com que soubesse – ficar dentro de um carro, observando as pessoas estacionando e depois carregando os porta-malas com suas sacolas?

Ela pediu para me ver no dia seguinte, mas preferi não encontrá-la. Preferi refletir na razão de ter me metido naquela aventura, na qual não me reconhecia. Imaginei que tudo se justificasse pelo medo de começar a me sentir velho, o que me levava a testar minha já domesticada capacidade de sedução.

Era uma situação perigosa, pela proximidade de nossas crianças. Parecia que eu queria testar Nina e também Bebel, desafiando a percepção intuitiva das mulheres sobre as intenções das outras.

Achei que tinha acabado, Arminda estava livre para encontrar outro amante. No entanto, ela voltou a me procurar e mostrou um comportamento inesperado e humilde. Eu a vi de novo, ainda recalcitrante, mas ela chorou, se desculpou, e a descoberta de sua fragilidade me desarmou. Como se fôssemos namorados, fizemos as pazes.

Num quarto de motel, minha amante me fez, pela primeira vez, confidências. Foi quando aprendi que ser mãe de Maria era uma grande prova. Pensei em minha filha. O que estava reservado para Isabel, tão afeiçoada àquele único primo?

O amor como instinto de sobrevivência

Foi Helena quem me fez ruminar uma das ideias de Schopenhauer a propósito do amor. Em seu programa radiofônico, minha cunhada, sempre exaltada contra a misoginia, havia abordado o depreciativo conceito do alemão sobre as mulheres: "cabelos longos, ideias curtas".

Embora reconhecendo que ela tinha motivo para se indignar, foi de outra frase do filósofo que acabei me lembrando. O amor, disse ele, nada mais é que um reflexo do instinto de sobrevivência da espécie. Parecia me falar diretamente, ao explicar que o casamento, respondendo ao impulso reprodutivo do animal humano, gerava angústia e instabilidade.

Posições tão sem esperança não fariam parte de meu modo de ver o mundo, mas a existência de Isabel confirmaria como Nina tinha nos conduzido à velha armadilha da biologia disfarçada em atração entre dois indivíduos.

E aí estava eu, às vésperas de conhecer Arminda, num bom momento com minha mulher, sobretudo com certa preguiça de novidades. Já era intrigado com Schopenhauer, ao mesmo tempo pessimista e budista, propondo que, contra a irrealidade do mundo que percebemos e as dores que ela nos provoca, o único antídoto era a anulação da vontade, insaciável e irracional.

Mas minha filosofia de almanaque sempre preferiu Epicuro, para quem a felicidade resulta dos prazeres moderados e tranquilos. Que melhor conselho do que não ter medo dos deuses nem da morte, já que, pela extinção de nossos sentidos, nada mais sentiríamos? Pudesse ser minha vida tão simples, se banisse de minhas preocupações a morte, Deus, minhas paixões.

Não haveria de seguir as falas de Epicuro nem de Schopenhauer, apesar de ter tentado levá-las a sério. Não se passaria muito tempo, e a vontade de satisfazer meu corpo me levaria a procurar uma mulher mais experiente do que eu. Seria fácil concluir que Arminda tinha alguma coisa de Lídia. Mas não me atraíam confusões em minha vida.

Eu não teria filhos com a outra mulher que o destino jogou no meu caminho. Meu casamento já me trazia sua quota de angústia. Por que alimentar outras vontades, se eu sabia que nunca seriam satisfeitas?

Ainda me inspirava Epicuro, com sua vida serena e a impressão que passava, de ter sido um homem doce.

Meninas de cabelo de fogo

Quando criança, tinha certa dificuldade de me aproximar das meninas. Era natural ter meninos como amigos, bem mais fácil me aproximar deles para brincar. A princípio, não reparava muito nas garotinhas à nossa volta. A não ser que fossem muito diferentes.

Uma mulher ruiva como Chantal, que tanto despertou a atenção de meu irmão, não me dizia nada depois que me tornei adolescente e adulto, mas, quando menores, ambos nos deixamos levar por criaturinhas de cabelos de fogo.

Na escola em que não podíamos frequentar a mesma classe, espaço vetado para gêmeos, havia duas ruivinhas, que não eram sequer irmãs. Clarice era da minha turma, e Janice estava na sala de Bruno. Os nomes rimavam, eram as únicas de cabelos avermelhados, e por isso, no começo, imaginava que eram como nós, gêmeas, apartada uma da outra.

Não sonhava que podiam ter comportamentos tão diferentes. Clarice era amistosa, dócil e se aproximou de mim. Muitas vezes me tornei seu parceiro em algumas brincadeiras. Quando começaram a espalhar que nós dois namorávamos, não gostei do assunto e fui dando um jeito de me afastar. Ela tinha olhos castanhos e não me parecia tão bonita quanto Janice, com seus olhos azuis.

Foi então que notei que Bruno achava a ruiva de sua turma especialmente interessante. Meu irmão passou a andar na cola dela no recreio. Fiquei meio ressabiado, sem saber como reagir àquilo. Por que ele se aproximava de uma garota logo quando eu tinha me afastado de outra, as duas com cabelo quase igual, se o de Clarice não fosse um pouco mais escuro?

Já estava repensando o relacionamento com a minha colega. Bruno confessou que estava querendo namorar Janice. Àquela altura sabia que elas não eram irmãs, mas se meu irmão podia namorar, por que eu não deveria fazer o mesmo com uma das cópias do mesmo modelo?

Não sei de quem foi a ideia, mas nós dois combinamos que iríamos convidar Janice e Clarice para namorar. Levei a minha para um canto do pátio onde não tinha ninguém e, como ela era fácil de abordar, não tive dificuldade para fazer a proposta. Lembro que ela ficou coradinha, mas disse que não sabia se era possível, que teria de perguntar ao pai e à mãe dela. No dia seguinte, me avisaria que eles não concordavam, que só poderia namorar quando tivesse quinze anos, mas fui para casa em vantagem. Bruno não teve como ficar sozinho com sua futura garota.

Talvez achando que teria de me superar, na sala onde tinham aula, antes que saíssem para o recreio no dia seguinte, teve a petulância de beijar meio à força a outra ruiva. Ela demonstrou que não tinha o jeito pacato de Clarice. Várias crianças que ainda não tinham deixado o local viram quando esbofeteou Bruno. Minutos depois fiquei chocado ao ver aquela marca com cinco dedinhos na face de meu irmão. Quis tomar satisfação com ela, mas ele me impediu.

Felizmente, no outro ano, mudamos de colégio. Os meninos da classe de meu irmão faziam comentários maldosos por ele ter apanhado de uma mulher. Janice ficou insuportável, com ares de dona do pedaço. De minha parte, voltei a me afastar da outra ruiva. Ela parece ter entendido, talvez esperasse que, depois dos quinze anos, a gente retomasse a conversa. Só que nunca mais nos vimos. Também não iríamos reencontrar a outra. Nem me lembrava do episódio, quando Chantal apareceu, se desgarrando de suas amigas, para nos acompanhar rumo a La Paz, falando um espanhol com um sotaque que cheguei a achar engraçado, mas que, aos ouvidos de meu irmão, era uma espécie de música.

Penha

Não reconheci a Penha, quando, sabendo da doença, veio visitar minha mãe. Na minha infância, era uma moça magra e calada, um tanto fria conosco e que parecia se entender melhor com Bolinha, que demonstrava gostar dela quase tanto quanto gostava de mim.

Além de lhe dar comida, era ela quem acabou se encarregando dos banhos que ele precisava tomar. Penha também costumava catar suas pulgas quando elas apareciam.

Não me lembro do dia em que ela foi embora nem o motivo. Quando reapareceu, eu estava sozinho em casa de meus pais com Lídia. Meu pai tinha aproveitado para ir ao banco ou fazer algo parecido. Minha mãe dormia, depois de ter tomado seus remédios, e eu estava lendo o jornal.

Fiquei curioso com a senhora de meia-idade, cabelos compridos e grisalhos, uma saia cobrindo as canelas. Ela me reconheceu primeiro, sequer me confundiu com meu irmão. Só quando se identificou, pude me lembrar da criatura que ela tinha sido em outros tempos.

Minha mãe acordou, deixei as duas no quarto, pois Lídia já não se levantava da cama. Não imagino o que fui fazer, mas quando voltei para perto delas só ouvia a voz monótona de Penha lendo para Lídia, de novo adormecida, uma passagem qualquer do Evangelho, que achei bastante despropositada.

Penha não tinha familiaridade nem com a leitura nem com o conteúdo do Novo Testamento, mas tentava fazer algo pela salvação de sua antiga patroa. Ficou embaraçada pela demonstração de sua *performance* recalcitrante e guardou o livro na bolsa.

Então me falou de sua nova religião. Tinha se casado e teve um casal de filhos. O rapaz, mais novo, começou a dar trabalho. Na adolescência se meteu com más companhias, andou furtando, acabou se drogando e, para manter o vício, tinha se tornado traficante.

Ela e o marido sofreram demais com essa história, mas tinham encontrado amparo na igreja que passaram a frequentar. Sua esperança era conseguir que o filho fosse convertido, pois o pastor conhecia uma comunidade terapêutica que livrava os jovens daquela vida que tanto atormentava a família. Orava para que ele um dia concordasse em ir para aquela espécie de sítio, em que trabalharia na horta, ouviria palavras de sabedoria e se dedicaria à sua salvação.

– Jesus te abençoe! – ela se despediu de mim, já que Lídia ressonava profundamente, e ela tinha de fazer a comida para o marido e a filha, quando voltassem do trabalho.

Não fiquei sabendo do nome do filho, um adulto, bem mais novo do que eu. Claro que pensei que tínhamos tido experiências semelhantes, mas ele, além de cair num astral bem baixo, tinha se transformado num marginal.

Pela janela, vi sua mãe se afastar, os passos firmes e rápidos, tão diferentes da voz hesitante da leitora da Bíblia. Minha mãe tinha aberto os olhos, reconhecendo aos poucos o ambiente, intrigada com o que tinha acontecido com sua visitante.

– Você se lembrava dela? – me perguntou.

Respondi que sim, acrescentando que não imaginava até onde a vida era capaz de nos surpreender. Antes de ir embora, Penha me pediu desculpas. Como eu não entendesse por que dizia aquilo, explicou que um dia tinha deixado aberto o portão dos fundos. O cachorro sumiu por descuido dela, mas na época não teve coragem para explicar a verdade.

O castelo

A reinvenção de meu filme parecia fluir, mas, do nada, surge a dificuldade de ir adiante. Começo a me perceber cansado. De repente, viver começa a perder o gosto.

Vejo meu próprio personagem pronto a perder sua nitidez. As imagens que recuperei podem revelar uma cena desbotada ou borrada. Junto vem o receio de, completada a tarefa, não me provocarem alívio, fervor ou serenidade. Posso me perceber livre de mágoas, mas tão decepcionado quanto no dia em que um cachorro bobo se mandou ao descobrir que não trancaram o portão e saiu em busca do que jamais saberei.

E cresce o mal-estar enquanto falo de minha filha. Ela determinou outro trio, bem diferente do que eu, meu irmão e minha mulher frouxamente estabelecemos. Bem mais efetivo, porque o conflito, praticamente ausente no primeiro grupo, penetrou o segundo desde a origem.

A convivência de Isabel, Chico e Maria, uma relação tão à vista, mascarando o que, secretamente, se passou comigo,

Arminda e Nina. Um de nós não percebeu que havia outro triângulo, muito próximo ao das crianças.

Não foi fácil ver Bebel se envolvendo tão cedo em experiências ingratas e ligações espinhosas. Percebo que minha filha trouxe uma nova imagem, uma nova peça para ser encaixada neste mosaico.

Ela dedicou seu tempo e sua energia preparando um presente para o primo: um álbum de fotografias, no qual, além dos dois, aparecíamos também os tios e os pais. Havia fotos de Chico sozinho e com todos os avôs e avós. Uma delas, com Lídia, já doente. Mas a maioria consistia mesmo em retratos dele e dela. Destacados do resto do mundo, como acontecia no coraçãozinho de minha menina.

Uns dias depois, passou por mim, furiosa. Foi para o quarto, batendo a porta. Como ela não tinha se dado ao trabalho de se trancar, entrei, preocupado com sua atitude. Em lágrimas, Isabel rasgava uma foto.

– Que foto é esta, minha filha?

Ela hesitou, mas acabou por me exibir, dilacerada em três pedaços, uma fotografia que eu conhecia. Maria, toda vestida de branco, posava, encarando o fotógrafo. Havia uma igual na cabeceira de Arminda.

– Ele não tinha o direito de colocar isso no meu álbum.

– Mas é o álbum dele.

– O álbum que eu fiz para ele.

Deixei que ela acabasse de picar o retrato, me lembrando de Bruno fazendo a mesma coisa com o postal que Chantal tinha mandado de Paris.

Chico é que não gostou, parou de falar com a prima. No outro dia, ela procurava pela casa os restos da fotografia. Estava disposta a colar e pregar de novo no álbum. Não suportou o desprezo do outro. Mas eu a convenci a não fazer aquilo. Bebel chorou muito. Foi quando me lembrei de que ela também tinha um jogo de quebra-cabeça, ainda guardado na embalagem. Era um castelo medieval, conforme o modelo estampado na própria caixa.

Eu a desafiei a erguer comigo aquela fortaleza, com fragmentos tão pequenos e tantos tão parecidos. Levamos dias, mas chegamos ao final. Enquanto isso eu pensava num meio de tirar Arminda de minha vida e Maria da vida dela e de Chico.

A neblina e o penhasco

Viúvo, Francisco gostava cada vez mais de ouvir música. Eu costumava aceitar seus convites para escutarmos juntos Vivaldi e sobretudo Bach, cujas composições ele tinha me apresentado há muitos anos. Ficávamos quietos, ele até adormecia, concentrado naqueles sons, especialmente quando tocados em um cravo.

Eu tinha um disco de Mahalia Jackson, e achei que ele gostaria de conhecer. Não só gostou, logo na primeira audição, como me fazia, em outros dias, repetir a mesma música. A voz forte e arrebatada da mulher poderia ser o acompanhamento daquela cena de minha infância, quando descobri, graças à contrição dele, a existência de um santo quase nu.

Além do refrão, passaria a ecoar em minha mente, e muito provavelmente na dele, os versos "so many things are not as they should be / oh, but God is so good to me". Nunca fiz a pergunta, mas podia ter a certeza de que Francisco acreditava e tinha lá sua imagem de Deus, que seria tão bom para ele quanto para Mahalia.

Talvez por isso foi levado a uma morte mais tranquila, mais rápida e menos sofrida do que a de minha mãe. Fiz questão, dessa vez, de levar ao cemitério, segurando cada um pela mão, minha filha e meu sobrinho. Deixei que cada um deles jogasse uma flor sobre o caixão do avô.

Não me dispus mais a ouvir Mahalia Jackson. Não pude fugir de Bach ou de Vivaldi. Mais tarde, fiz uma experiência com Pink Floyd e "The great gig in the sky". Não pretendia interpelar Deus, que, assim, nunca saberei se tem sido bom para mim. Queria apenas fechar os olhos e me transportar, como nos meus velhos tempos, à ilha de Tristão da Cunha.

Levado pela sequência da música, pude recuperar a imagem. Um penhasco se afundava no mar. Sob a neblina, sentia o vulto do outro homem, o que me espera em meus sonhos e divagações. Então pensei na mulher estranha na praia chuvosa, e ele se dissipou. Nunca tinha vivido nada tão impreciso quanto aquela rápida aventura com Dolores. Era como se eu tivesse ido, na companhia dela, a um lugar fora deste mundo.

Senti uma enorme vontade de voltar, não à praia que conheci com meu irmão gêmeo, mas à gruta onde estive com Maria e Arminda, companhia que eu nunca mais teria.

O beijo

Um anjo se aproximou. Não veio me encontrar numa montanha ou em minha ilha. No sonho, preferiu se materializar em minha casa. Sentado à mesa de trabalho, eu me preparava para escrever, quando senti o silêncio se quebrando pelo movimento das asas.

Ao me virar, mal pude ver seu rosto. Ou deveria esquecer o que eu vi. No entanto, senti seu hálito, quando encostou a boca em minha testa.

Quando acordei, tinha o coração muito acelerado e respirava com grande dificuldade. Ele teria vindo para anunciar o fim? Por que então eu não assistia ao filme de minha vida? Não pude saber se teria muito ou pouco do que andei fabricando.

Ao registrar o momento, acrescento um pouco de drama à minha existência tão contida. Se tiver de encarar um final repentino ou doloroso, não vai condizer com a sossegada atmosfera de meu quebra-cabeça remontado. Não há, nesse cômputo geral, nada de rigorosamente extraordinário.

Não vou dizer que minha vida tem sido um ensaio ou um rascunho. É apenas a experiência de um homem quase comum, mas que considera esse quase algo especial.

Pode soar arrogante, mas viver com certa delicadeza não é assim tão comum. E se saber antecipadamente beijado pelo mensageiro do lado de lá acalma minha ansiedade.

Posso morrer a qualquer hora e não tenho medo. Mesmo que não dê tempo de repassar todos os momentos que pareciam importantes. Só pareço, agora, extremamente cansado.

A intrusa

Na entrada do caminho do pântano,
puseram um cartaz que dizia Macondo
e outro maior na rua central que dizia
Deus existe. *Em todas as casas haviam*
escrito lembretes para memorizar os objetos
e os sentimentos.
(García Márquez)

1.

Tantas coisas ficaram no ar, papai. Está faltando uma conclusão para o filme da sua vida. Parece que seu livro não acabou. Quando tive a ideia de publicar suas memórias, imaginei a decepção dos leitores. É o que acontece quando a gente espera uma continuação e a história, sem razão nenhuma, é interrompida.

Por isso, decidi terminá-la para você. Pensei em fazer um adendo, comentando uma trama que fala bastante de mim e de pessoas à minha volta. Não vou conseguir esgotar o assunto, mas é possível esclarecer certos fatos. Decidi tentar, mas também me arrisco a não encontrar o fim. Os textos podem ser sempre revistos e reescritos.

Ao tornar pública sua versão do filme de sua vida, prometo não censurar, cortar nenhuma palavra do que você escreveu. Só me disponho a me tornar sua parceira literária. Você continua o herói, e o tom da narrativa vai permanecer o seu. Vou procurar não comprometer seu ponto de vista. Uma compensação, pois seria difícil para você ver a filha tão intrometida tomando seu lugar.

Estou pronta para preencher várias lacunas do seu relato. Mamãe poderia ajudar, explicando momentos que não presenciei ou acontecimentos aos quais não pude dar atenção. Ela teria a oportunidade de se pronunciar, sobretudo nas passagens em que não aparece muito bem na fita. Mas receio que não queira colaborar, afinal é uma personagem, mais do que eu, colocada em situações difíceis.

Mamãe, que você pintou várias vezes com cores negativas. Que engraçado, você não a tratava assim, com tão pouco tato, pelo menos na minha frente. Será que ficavam fingindo para mim que estava tudo bem entre os dois?

Eu mesma, papai, não gostei do modo como andou me pintando. Quando descobri aquele arquivo no seu velho computador, não imaginava o choque que seu conteúdo me causaria.

Mamãe contou que você estava trabalhando em um livro que vivia reescrevendo. Ela acreditava que você tinha apagado o texto. Depois pensou que haveria um arquivo mais novo, com mais páginas. Procurei, entre documentos que não foram deletados, não achei mais nada. Só há essa versão interrompida nas últimas linhas.

Li e reli tudo. Várias perguntas eu me fiz. O que provocava, por exemplo, meu pai a se confessar para o mundo? Então apostei numa razão. Do jeito cuidadoso com que escrevera, você queria ser lido um dia. Não se trata só de um desabafo. Por isso, procuro mais leitores para sua história.

Só hesitei porque você não tomou nenhuma atitude para publicar o que escreveu. Posso imaginar que se arrependeu, ao perceber sua capacidade de magoar os outros.

Será que refletiu em minha reação se descobrisse o que escreveu? Ponderou que eu ficaria ofendida quando confessou que não queria ter filho nenhum? Parou para pensar em mim, desprevenida, tomando conhecimento do assunto desagradável e aí abandonou a tarefa? E minha mãe, o que pensaria? Fiquei com vergonha por ela, ao saber que era traída. A traição que você abordou tão à vontade.

Até que ponto você era mesmo uma alma delicada, se era capaz de nos descrever com tons tão crus? Prefiro, então, imaginar que você se arrependeu e, por isso, abandonou o tal filme da sua vida.

Estive a ponto de chorar em vários momentos, sobretudo quando você aliviava a mão e procurava amenizar suas posições. Não foi fácil me ver como fonte de conflitos, apesar dos momentos de amor e consideração que reconheço.

Sozinha, sem apelar para a participação de minha mãe, vou adiante. Não seria bom para ela se envolver com isso. Podemos trocar algum comentário, mas não vou forçá-la a acompanhar o que vou contar.

Do meu jeito, também gosto de escrever e tenho minha prática. Poderia fingir que eu sou você e continuar esse festival de lembranças que vão e voltam, fora de ordem. Não posso escrever do mesmo modo (embora seu estilo já esteja me influenciando), nem é de meu temperamento ficar reescrevendo.

Mas realmente não interessa me passar por um homem, ainda mais pelo meu próprio pai. Não posso aceitar, no entanto, que, chegando perto do fim, ele se volte para uma mulher que não é minha mãe e uma garotinha que não sou eu.

Nunca passaria pela cabeça dele escrever a quatro mãos, pois prezava tanto ser um indivíduo com sua personalidade e suas tendências pessoais.

Entendi como foi importante para meu pai se diferenciar de seu irmão gêmeo, e isso o fez perceber que eu queria ter o que desde cedo me faltava – alguém bem perto o tempo todo. Ainda me incomoda não ter quem possa adivinhar o que se passa comigo.

Nossos temperamentos não se confundem: não tenho seu lirismo, nem a abertura para um mundo paralelo. O filme de minha vida seria mais realista, talvez até mais brusco. A filha única de Lauro e Nina não pode ser considerada uma alma delicada.

Mas sigo seu exemplo. Comecei a escrever para entender seus motivos e também para me reequilibrar. Estou interpelando meu pai, mesmo que ele não sonhasse me provocar a esse ponto. Assim como ele fingiu esse filme, posso fazer de conta que o velho Lauro é capaz de me escutar.

2.

É preciso desde já esclarecer o que pretendo com as interferências de minha personagem, que invade e encaminha a história de meu pai. Para começar, não vou rebater as críticas de Lauro ao meu comportamento infantil. Por ser filha única, posso dizer que era quase banal ver o mundo girando à minha volta. Meu jeito autoritário e ciumento me parece típico de crianças na mesma condição.

Admito, entretanto, meu ressentimento com certas observações a meu respeito, pois não esperava ser tão desaprovada. Continua difícil assimilar que meu pai chegou a preferir que o filho dele fosse o Chico, graças à semelhança de temperamentos. Eu seria muito mais do jeito de minha mãe. Ela mesma discorda. O pior é que frequentemente reclama de que estou agindo como se fosse o Lauro.

É meu intuito, como já comentei, explicar algumas passagens, com uma abordagem nova. Quem olha pelo lado de fora dispõe de informações suplementares para a mesma cena.

Tenho coisas a dizer do próprio Lauro e de quase todos os outros que ele pôs na história.

Meu pai se atribui o mesmo ar desligado de meu avô, certo misticismo e um senso estético que os punha a admirar as coisas mais bonitas do dia a dia. Para mim, eram dois homens bem diferentes, mas, pensando melhor, dou certa razão a Lauro. Os dois eram capazes de se distanciar de tudo, não deixando ninguém os tirar daquele isolamento.

Ele nunca teve o humor do vovô. Alega que o pai dele não brincava com os filhos do jeito que fazia com os netos. Deve ser verdade. Mas ele não sabia que vovô costumava rir dele e também de mamãe ou do tio Bruno, junto de mim e meu primo.

Para o velho Francisco, seu filho Bruno e suas noras levavam o mundo muito a sério, menos o Lauro, que, segundo ele, não via direito as coisas, porque estava sempre olhando para dentro.

Um dia, a gente estava na casa de vovô, e papai foi pegar uns brinquedos que eu esqueci no quintal. Eu e vovô ficamos acompanhando pela janela. Papai não conseguia ver minha boneca e seu carrinho de bebê logo atrás dele. Eu queria gritar, avisando, mas vovô me cochichou "deixa, vamos ver quanto tempo ele vai levar para achar". Então começamos a contar, só paramos quando ele, ainda de costas, tropeçou no carrinho.

Mamãe dizia que o sogro dela mostrava um lado malvado com aquelas brincadeiras, porque, embora parecesse, ele não vivia tão nas nuvens como o Lauro, e ela era capaz de perceber quando eu e vovô estávamos cochichando sobre ela. Mas não era sempre que ele fazia isso. Era bem-humorado porque sabia muitas piadinhas, daquelas bem bobas, mas que as crianças adoravam. Ele escutava em algum lugar, aprendia e guardava para divertir ao Chico e a mim.

Não me lembro se Lauro conhecia alguma piada. Tio Bruno às vezes tentava contar alguma, mas não tinha o jeito de vovô, que fazia vozes diferentes, olhares e gestos engraçados. Vovó Lídia também não era de contar piadas, e me lembro que ela parecia combinar mais com Lauro do que com o outro filho.

Os dois tinham mais jeito de simples irmãos do que de gêmeos. E isso é uma coisa que me intrigava muito. Viveram a vida inteira perto um do outro, mas com suas distâncias. Eu e Chico, mesmo só primos, às vezes éramos mais ligados.

Lembro que vovó disse que, quando pequeninos, Bruno e Lauro costumavam responder no lugar do outro a perguntas que ela fazia. Muito boba, eu tentava me passar por Chico, querendo adivinhar o que ele estava pensando ou poderia falar. Mas Chico nunca entrou nessa. Talvez não quisesse agir do jeito de uma menina.

Eu, que na verdade tinha meu pai como o estimulante exemplo de quem tinha um gêmeo, nunca me preocupei em saber o que ele, pessoalmente, achava das coisas. Hoje reconheço que receio descobrir em mim algo vindo dele e que não me agrada.

Mas não quero demolir a imagem de meu pai. Não serei, voluntariamente, cruel com Lauro. Ele procurou eliminar seus ressentimentos, e posso tentar algo parecido.

3.

Acho que as ideias de uma época, aquilo que chamam espírito do tempo, carimbam as pessoas. Percebo isso na afinidade entre meus pais. Foram influenciados por uma tendência daqueles anos, na ressaca das grandes guerras, em que a paz era um forte valor coletivo. Paz e amor para o mundo, na pregação dos artistas *hippies*. No meio, as drogas mais leves.

Meu tio Bruno era diferente, aberto a uma romântica revolução social que mudasse a política e os costumes. John Lennon e Che Guevara poderiam ser ídolos dos gêmeos, embora nenhum deles gostasse de falar de ídolos.

Só sei que na juventude dos dois havia mais otimismo e a esperança de que o mundo se transformasse. Mas me intriga ainda hoje o lado de Lauro que Bruno não tinha. Um lado que me diz respeito. E me traz a vontade de falar com ele outra vez.

Não deu para ter certeza, meu pai, se você acreditava ou não em Deus. Eu acho que acredito, mas costumo duvidar. Você não me passou certeza nenhuma de sua crença.

O triângulo com um olho no meio de uma nuvem é uma imagem desconcertante, sobretudo para uma criança. Não me lembro de ter visto isso em algum lugar. A figura de Deus com que volta e meia eu tropeçava era de um velho de barba bem branca. Só lembro da barba e desconfio que ele não teria muito cabelo.

Talvez porque meu avô, quando o conheci, fosse careca. Não tinha barba e o pouco cabelo não era tão branco, mas, quando eu era pequena, ele se pareceria mais com Deus do que meu pai. Claro, Deus não tem irmão. Lauro podia se sentir tocado pelas asas dos anjos, mas não era divino. Se bem que essa maluquice em especial me cause certo arrepio. Meu pai podia ter acesso a um mundo interditado para mim. E ainda se importava tanto com aquelas histórias de maconha, haxixe e visões de um homem sozinho no penhasco.

Esse homem só podia ser ele mesmo. Afinal quis se refugiar num mundo perdido, para o qual ninguém mais era convidado. A não ser aquela mulher também meio esquisita, a Dolores. Fico até em dúvida se ela existiu ou era alguma alucinação.

Hoje consigo entender melhor por que antes eu me impressionava tanto com os loucos. Achava que certos mendigos tinham uma dignidade bem interessante. Eles estavam e ao mesmo tempo não estavam no mundo. Alguns, como os que falam sozinhos, demonstram um sofrimento imenso. Mas não se contentam com os limites de nossa consciência. Ou não podem escapar de suas visões descontroladas.

A loucura de meu pai era bem pouca, mas me indicava isto, uma necessidade de solidão quase absurda, a solidão de que eu sempre quis escapar e que me assustava porque eu não tinha irmã nem irmão.

Posso imaginar que Lauro não escreveu para mim ou para minha mãe, muito menos para tio Bruno. Ele escrevia para seus interlocutores invisíveis. Acabei me tornando alguém bem parecido, já que ninguém mais o leu, pelo menos ainda não. Resolvi passar essa bola para frente, em vez de procurar algum psiquiatra, porque não acredito nessas pessoas. É mais fácil e mais proveitoso acreditar em Deus.

Posso continuar cheia de dúvidas, mas vou insistindo nisso. É claro que Deus não fala comigo, não sou tão maluca, mas não lhe fecho a porta. Não quero sentir a angústia do desamparo total. Quando morrer, ficarei sabendo se há outros mundos. E digo que não tenho a menor vontade de antecipar o tal filme de meus últimos instantes de vida. Se é que existe, e se vou passar por ele, que seja uma surpresa.

4.

Por que é que a gente esquece? Se meu pai pôde reconstituir tantas lembranças, eu sempre ando às voltas com minha tendência ao esquecimento. Se fosse mais disposta a estudar e a pesquisar, poderia entender como faz o inconsciente para despachar tantos fatos e mesmo certas pessoas para alguma Terra do Nunca. Se existiram, e costumam me assegurar que sim, para mim perderam a efetividade.

Acredito que a gente pode inventar lembranças. De propósito ou não. Fora as que servem para a gente enfeitar nossas histórias para impressionar alguma plateia. Assim, não me censuro por duvidar das informações contidas no arquivo de Lauro. Ele valorizava a filosofia ou a música, mas, sem dúvida, estava muito mais próximo da literatura. Sua veia literária pode ter ajudado papai a soltar a imaginação e a criar personagens com um pé ou os dois na ficção.

Eu não me lembro de Maria nenhuma, essa menina quase descarnada que me faria sofrer porque tinha olhos dourados e penetrantes, capazes de subjugar meu primo. Não quis perguntar sobre ela a minha mãe porque Nina já se recusou a falar da suposta mãe da garota. Eu também não tenho nenhuma lembrança dessa Arminda.

E se as duas não passam de personagens inventadas? Elas bem que poderiam ser levadas para Tristão da Cunha, se o autor tivesse tido mais tempo para desenvolver esse cenário plantado bem no limite do mundo real. Já tinha insinuado que Dolores teria vindo de lá.

A garotinha Maria tinha também um arzinho extraterrestre, mensageira de um além que meu pai perseguia em suas meditações ou nas invocações que mamãe costumava fazer com ele. Essa menininha faria sucesso num filme de terror, representando uma morta-viva de jeito inocente e dissimulado.

Para mim ela vem refletida pelo olhar de meu pai, boneca dotada de certa alma e uma aparência sutil, fantasminha que agora incomoda. Será que caí na armadilha do escritor, que passou para a leitora o ciúme de uma rival fabricada apenas pelas palavras dele?

Se for verdade que ela existiu e me ameaçava, papai deu um jeito para ela sumir para sempre e sem deixar rastro. Ela jamais reapareceu, nem Chico comentava sobre ela. Eu poderia, para me certificar, perguntar a meu primo se ainda se lembra da criatura. Mas não quero fazer isso. Não pretendo chamar de volta o fantasma. Provavelmente porque desconfio que, por algum motivo que não admito, eu quis mandá-la, junto com a Arminda, para a Terra do Nunca.

Cheguei a implicar com as descrições embaralhadas e enevoadas de meu pai. Sempre me achei muito pé no chão, vendo o mundo com muita nitidez. Mas talvez ele tenha acertado nessa escolha. A realidade está mais para o olhar do míope, sem suas lentes corretivas.

Admitindo ser terrivelmente ciumenta, posso tirar essa menina da minha Terra do Nunca. Será mais inteligente despachar Maria para Tristão da Cunha junto com a mãe dela, com a Dolores e as duas ruivinhas da escola de meu pai e do meu tio. Já a ruivona francesa me traz algum interesse.

É que ela frequentava as histórias de minha mãe. A tal que depenou o tio Bruno e deixou ele e meus pais numa saia justa num país estrangeiro. A ladra arrependida, que devolveu a grana roubada.

Queria saber mais dela, um dia me animo e encosto tio Bruno na parede para ele me contar outras coisas sobre essa mulher. Ela, eu sei que existiu de verdade, e sua história costumava me divertir como as piadas do meu avô.

Mesmo assim reconheço que o desaparecimento da amante misteriosa de meu pai e sua filha é a parte mais importante da história toda. Elas somem para ele poupar a mim e à minha mãe desse aborrecimento.

Mas as duas podem ter sumido só porque ele interrompeu a narrativa antes de esclarecer fatos importantes. Se tivesse continuado, elas poderiam voltar.

Acho inútil contratar um detetive e descobrir algo mais concreto sobre a existência da dupla, depois que deixei as duas na ilha que o assombrava e que posso transformar numa prisão para condenados a penas perpétuas. Afinal, nos tempos mais remotos, as ilhas constituíam as prisões mais seguras que podiam existir.

5.

Minha tia Helena, que não diria nada em público contra o sogro, chegou a comentar que eu tinha puxado o lado debochado de vovô. Então, além de filha única, egoísta e mimada, tenho prazer em me divertir quando vejo gente em situação ridícula. Aprendi essa de Francisco, nosso avô.

Deveria aprender a rir de mim mesma, como fazem as pessoas mais maduras. Talvez consiga quando superar a história de meu pai. Sei que ele gostaria de uma Bebel mais dócil. Fico pensando: papai não ia preferir que eu fosse uma espécie de Maria, um anjinho com ares alienígenas? Se eu fosse assim, ele me contaria as histórias de sua ilha secreta, caminhando de mãos dadas comigo numa praia imaginária, com muita pedra e vento?

Ele nunca ficou sabendo, mas eu adoraria conhecer e explorar uma gruta, caso ele tivesse me levado. Não ia choramingar, nem me sentir abafada ou presa ali dentro. Parece que nem reparou o tanto que me mostrei corajosa quando nos levou ao cemitério para o enterro de vovô. Não notou que a mão de Chico estava suada e fria. Talvez preferisse que eu fosse mais frágil. Mas era eu quem entendia com mais clareza o que ele queria nos mostrar. Quanto mais cedo a gente aprende sobre a morte é melhor. Ficamos mais prevenidos e vamos nos assustar menos das outras vezes.

Naquela noite, Chico e eu dormimos na mesma cama. Ele chorava e segurava minha mão. Ficava repetindo o nome de vovô. Eu o abraçava, em silêncio. Tentava me lembrar não daquele caixão fechado indo para dentro de um buraco, mas do velhinho me contando a piada da galinha que cada dia subia mais alto no poleiro e de lá de cima botava um ovo que se despedaçava no chão. Ela dizia para o galo: "Quer saber? Estou botando *pra* quebrar!".

Uma gruta não me sufoca, porque, quando chegar minha vez, não vou ter medo de ser enterrada. Negar nossa extinção não serve de nada. Melhor me lembrar das piadas da minha infância, de ter me divertido com meu avô rebolando na frente dos netos e não me censurar quando quero rir dos outros.

Não me importo de ser uma criatura debochada, e posso, como grande parte das mulheres e dos homens, ser uma fofoqueira. Essa atitude pode facilmente surgir entre os fatos que estou para contar. Afinal, será o relato da menina mandona, fofoqueira, debochada.

Mas prometo controlar minhas tendências negativas e perigosas. Quero claramente ter leitores, e é bom que saibam, se já não me conheciam, com quem estão lidando. E que fique bem claro que não sou apenas isso. Como qualquer um, tenho várias faces. E até posso, eu mesma, me surpreender comigo.

6.

Em um ponto concordo totalmente com meu pai. Detesto o verão, não suporto calor. Foi ele quem chamou minha atenção para a beleza do outono, com seu vento mais frio e a luz mais suave. Devia partilhar dessa preferência com meu avô, mas não me lembro de Francisco comentar isso.

No outono olho mais as paisagens. Meu humor melhora, acho a vida mais atraente. Dizem que a primavera é a estação do cio, mas é no verão que eu tendo a uma vida mais lasciva. No verão os corpos se mostram, os olhos se excitam, mas não vou, a troco de nada, falar das coisas que andei fazendo nos últimos verões, algumas até provocando arrependimento.

Só digo isso porque percebi que o verão acabou. Uma brisa bem amena vai entrando pela janela e me deixa mais condescendente com os outros. Reviro minhas lembranças, procurando um acontecimento importante em abril ou maio. Só constato os aniversários de Chico, meu primo que veio ao mundo sob o signo de Touro.

Talvez por isso ele seja assim calmo, tão pouco afeito a explosões de amor ou de ira. Sob esse aspecto, poderia integrar o rol dos homens delicados. Mas não diria isso. Chico gosta tanto de dinheiro e é tão pão-duro que não pode haver delicadeza nenhuma em um homem que prefere que as mulheres, quando saem juntos, paguem suas próprias despesas, mas aceitaria, com tranquilidade, que elas pagassem por ele.

Acho que peguei pesado agora, logo depois de avisar que me sentia mais condescendente. Precisaria me policiar de minha falta de sutileza em relação aos outros. Estou sendo pior do que Lauro julgando a mulher e a filha. Ainda posso – vou pensar nisso – eliminar o parágrafo acima.

Mas, por enquanto, eu desabafo. Vou ter de falar mais tarde de Chico, como venho falando de meu avô e de meu pai. Ou ir além do mundo dos homens e abordar os complôs femininos, os que, pela vida, me envolveram com minha mãe ou a tia Helena. Assim vou situando melhor a existência de Lauro, jogando luz em outros participantes.

Na história de Lauro, minha avó Jane nunca foi mencionada, mas Lídia, a mãe dele, era bem constante na minha infância. Meu pai não ligava para a sogra, é o que eu concluo. Muito menos para o sogro.

Do vô Bernardo eu não gostava tanto quanto do vô Francisco. Ele não perdia seu tempo com as crianças. Tinha que parecer sério e adulto, o mundo dele era fora de sua casa. Quando vestia o pijama à noite, eu pensava que ficaria menos distante. Mas era a hora em que ele lia o jornal e não gostava de ser interrompido. Eu não chegava a sentir medo dele, mas nunca me aproximava. Não entendo por que minha mãe sempre se refere a ele com afeto. Se nunca vi nem um abraço trocado entre os dois.

Jane era gordinha. Jane era boa cozinheira. Se dependesse de Jane, eu seria gordinha e boa cozinheira. Seria o que Nina não era. Acontece que, se quiser, posso ser uma boa cozinheira. Eu fui exposta à influência de minha avó. Confesso que não gosto muito de ler jornal, já é mais do que suficiente trabalhar na área. Nunca vou fazer isso à noite. Mas eu posso cozinhar para mim mesma no meio da noite. Ninguém, nessa hora, está vendo se eu como dentro da panela.

Cozinhar me acalma, do mesmo jeito que fico bem-humorada no outono. Vó Jane fazia a massa e fritava os canudos que eu preenchia com o doce de leite, que ela não fazia, mas comprava pronto. Depois a gente polvilhava com açúcar. Canudinho ainda me dá água na boca, mas eu não comia tudo. Levava de minha casa uma vasilhinha e guardava alguns para meu primo.

Um dia, fiquei muito brava com meu pai. Ele estava comendo os doces do Chico. Disse que ele estava fazendo uma coisa muito feia. Um adulto roubando os doces de uma criança. Ele reclamou. Eu nunca levava canudinhos para ele. Mesmo depois disso, nunca levei. Eram do Chico.

Decidi fazer outro doce para meu pai. Tinha aprendido a fazer um brigadeiro sem chocolate com vovó, à base de manteiga, gema de ovo e leite condensado. Mas ele achou doce demais. Nina me ajudou a comer, mesmo não vendo diferença entre canudinho e brigadeiro branco. Para ela tudo era perigoso e engordativo. Essa foi uma das únicas vezes em que minha mãe comeu dos meus doces.

Nunca pensei por que não ofereci nenhum a Chico. Hoje eu sei que eram para compensar Lauro porque nunca iria ganhar outro canudinho.

7.

Eu gostava de montar quebra-cabeças, mas não tanto quanto resolver palavras-cruzadas ou caça-palavras. Gostava porque conseguia envolver meu pai numa atividade que demorava até vários dias. Mas não consigo ser como ele, que se lembrava das peças em seus detalhes.

Engraçado ele falar de um castelo que não me diz nada. E não posso inventar uma lembrança só pela sugestão dele. Castelos combinam mais com Lauro, desambientados da realidade e habituais nos contos de fadas. Não fui, aliás, dessas meninas que faziam o gênero de princesinhas nem me fantasiava de outros personagens.

Nós montamos mais de um quebra-cabeça. Só papai e eu, Chico não se interessava. Não puxou o pai dele que, segundo o texto de Lauro, adorava fazer aquilo a quatro mãos. Invejo Lauro por se lembrar dos três cachorros de raças diferentes. O que me provoca na descrição da imagem é o buraco na parede por onde enfiavam as caras e os focinhos curiosos.

Meus quebra-cabeças não resistiram aos anos, são apenas fumaça que há muito se dissipou, embora eu desconfie que o que mais importaria para Lauro não era um castelo. E me pergunto se, no caso específico, a memória de meu pai não foi traída pela imaginação?

Confesso que quebra-cabeças me irritavam, porque minha paciência sempre foi curta. Aqueles com peças minúsculas eram bem difíceis para eu encaixar. Os pedacinhos se pareciam bastante. Eu errava e custava a consertar meus enganos. Não lastimo que esse jogo ande totalmente fora de moda. Ninguém mais quer cultivar a paciência.

Será que não estou cometendo um erro parecido, não admitindo que Lauro e eu construímos juntos um castelo? Um castelo medieval, do tipo fortaleza. Provavelmente, no alto de uma colina, dominando a paisagem.

Ou no meio de uma ilha, cercado de água e crocodilos. Com ponte levadiça, para que seus moradores se isolassem do mundo quando fosse necessário. Quando papai fala desse castelo, é quando Arminda e a filha desaparecem. Será que ele projetou a imagem para nos guardar lá, Nina e eu? E não soube para onde ir sozinho.

Agora estou montando outro tipo de quebra-cabeça. E vou quebrando a minha, impaciente e esquecida. Melhor abandonar esse castelo. Não é à toa que a cena inicial do filme de papai é sua surpresa com os três cachorrinhos. Ele nunca entendeu o que esse trio pode representar. Os gêmeos são fáceis de reconhecer.

O terceiro elemento não é minha mãe ou uma substituta dela. Muito menos meu avô ou minha avó. É uma intromissão do futuro. O último dos animaizinhos curiosos sou eu, Isabel.

8.

Então, vamos saber mais de mim. Como qualquer criança, também brinquei de adulto. A gente vê os pais indo para o quarto e acordando juntos na mesma cama.

Brincamos muito, Chico e eu, que éramos casados. Devo ter mesmo pensado que um dia nos casaríamos e viveríamos juntos. De vez em quando eu e ele nos escondíamos debaixo do mesmo lençol, abraçados, mas o abraço nos sufocava e logo nos livrávamos dele e do lençol. Várias vezes dormimos bem perto um do outro e até de mãos dadas, se um, ou mesmo os dois, sentisse algum medo.

A gente nunca se esfregou ou se masturbou juntos, embora tivéssemos visto bastante nossos corpos nus. Creio que desde que nasceu, me acostumei a ver meu primo nu. Seu pênis infantil não me assustava, não me deixava muito curiosa, nem parece que me excitou um dia.

De alguma forma, nós namoramos. Era muito comum a gente se beijar, às vezes lábio contra lábio, mas não queríamos saber de beijo de língua, pois eu tinha muita aflição de cuspe e achava que as línguas estavam permanentemente cobertas de cuspe.

Como apaguei Maria de minha mente, não sei se tomaria alguma atitude se a surpreendesse beijando meu primo. Assim, posso dizer que foi ele quem teve ciúme de mim. Para começar, eu tinha um coleguinha muito atrevido, acho que o nome era Joel, e esse menino gostava de me procurar. Não achava nenhuma graça nele, mas um dia, no pátio da escola, veio pegar nas minhas pernas. Chico apareceu do nada e chutou a bunda do Joel, o que me fez morrer de rir. O menino falou que não ia revidar porque não batia em criança. Mas eu contei para nossa professora, e ele pegou um castigo. Claro que omiti o chute de meu primo.

As meninas crescem primeiro, e eu sou um pouco mais velha. Se o Joel não passava de um chato inconveniente, outros garotos de um momento para outro ficavam interessantes. Chico ia se mostrando desapontado quando passei a dar atenção a eles. Fomos crescendo, e os aniversários do pessoal de nossa idade começaram a ter danças, e alguns casaizinhos davam um jeito de encontrar um canto para trocar amassos e beijos.

Meu primo teve que me aturar fazendo gênero para certos garotos e experimentando beijar alguns desconhecidos. Quando chegou sua vez de fazer o mesmo com as meninas, não me incomodei tanto, mas no fundo não aprovava as escolhas que fazia. Achava que ele se interessava por umas tipinhas sem graça.

Ele não costumava estranhar tanto meus namoradinhos, até que viesse o Carlinhos, com cuja cara ele nunca foi. O pior é que o Carlinhos me deixava muito insegura, pois era muito popular entre as meninas que eu conhecia. Nem tão bonito era, mas tinha um ar de quem dominava qualquer situação, o que, no fundo, eu também gostaria de ter.

Ele tinha certa fama de ser galinha, e uma vez meu primo veio me alertar. Fiquei furiosa, achei que ele não tinha nada que se intrometer, mas o Chico se intrometeu mesmo.

– Vem ver uma coisa – me chamou um dia.

Insistiu, sem me revelar o que era. Acabei indo com ele. Na praça perto do *shopping*, lá estavam, no mesmo banco, Carlinhos e uma garota, ele deitado com a cabeça no colo dela. Custei a identificar os dois, porque os cabelos compridos da menina estavam tapando a cara dele. Mas Chico deu um jeito de fazer barulho, e o outro me olhou. Devo ter ficado muito vermelha e saí correndo.

– Nunca mais faça isso – falei com meu primo.

Ele disse que não entendia as mulheres, que eu deveria agradecer pelo favor de ter me mostrado quem era o garoto. Eu tinha vontade de bater no Chico. Principalmente porque o Carlinhos não veio se explicar. E não me procurou mais.

Ficar falando de mim não significa o simples desejo de roubar a história de Lauro. Tudo isso acontecia debaixo de seu nariz, e ele não via. Estou abrindo mais um pouco o leque, aquele a que se referiu, com um desenho único. Nossa história é quase a mesma, tudo acontece, por enquanto, dentro do mesmo período de tempo. É que ele percebia coisas que eu não conseguia enxergar. E vice-versa.

9.

De repente, comecei a crescer muito rápido. Além da menstruação e das espinhas, que nem eram muitas e não deixaram marcas, passei a me sentir sem graça. Se nem eu gostava de minha imagem no espelho, ninguém mais devia me achar bonita.

– Você é bonita – Chico não concordava.

Papai ouviu nossa conversa e disse ser mais um que gostava de meus cabelos e de meu sorriso. Então admiti que meus dentes eram certinhos, que o sorriso me provocava covinhas simpáticas e meus cabelos longos eram sedosos e brilhantes.

Mas precisava me maquiar para esconder as imperfeições da pele, ao mesmo tempo em que comecei a abusar do batom e do esmalte. Nina chamava a atenção para minha postura. Como não queria crescer tão depressa, acabava me encurvando. Ela me pôs numa aula de dança. Eu era já velha para virar uma bailarina, não me sentia à vontade entre meninas mais novas, mas ao menos não fiquei corcunda. No grande espelho daquele salão olhava meu corpo junto à barra, exercitando as posições clássicas, tentando puxar minha coluna para o alto, como se uma mão invisível me agarrasse pelo coque.

Aceitei crescer finalmente, assumi que não era feia, que tinha meus pontos favoráveis e andei sorrindo demais com minha boca quase sempre vermelha. Só me recusava a participar dos espetáculos de fim de ano da escola de balé. Não queria ser a marmanja da turma e desconfiava que, mesmo ereta, continuava desengonçada e com certa dificuldade para aprender e dominar as coreografias.

Sentia saudades da infância, mais um motivo para não gostar de exibir minha altura. Pensava com tristeza no meu avô e minha avó paternos, já perdidos. Mas ainda tinha os pais de minha mãe, sobretudo minha avó Jane. O marido dela, Bernardo, já disse que quase não contava para mim.

Chico demorou a crescer e implicava com meus batons, meus penteados, meus perfumes. Implicou sobretudo com os sapatos altos que comecei a usar. Às vezes eu ainda brincava com ele. Gostávamos de jogar bola, só ele e eu, num arremedo de futebol ou de basquete. Esse último tipo de esporte me dava vantagem, até que ele começou a crescer, em breve atingiu e superou meu tamanho.

Paramos com a bola, mas ainda apreciávamos jogar longas partidas de baralho até ele começar a se divertir mais sozinho no computador. Nem Nina nem Lauro queriam que eu me demorasse na tela dos computadores de casa ou de meu celular. Meus tios eram mais indiferentes com meu primo.

Foi um período difícil. A solidão de que sempre fugi me envolveu. Apesar de meus figurinos inusitados quando me apresentava fora de casa, não estava tão interessada em um outro Carlinhos. Jane percebeu e foi a primeira a me atrair para o mundo das mulheres. Além de cozinhar ao meu lado, dava um jeito de me fazer ter interesse pela decoração da casa, a arrumar uma mesa para convidados, sempre com flores no centro. Ali ficam os copos, as taças, os talheres seguem essa ordem. Tia Helena resolveu me ensinar a usar uma maquiagem mais discreta. Passar menos perfume era também aconselhável, eu deveria levar em conta que certos cheiros são enjoativos ou provocam alergia nas pessoas.

Minha mãe estava trabalhando demais e deixou que o interesse da tia e da avó aprimorasse minha feminilidade. Mas meu pai? Onde andava nessa fase da minha adolescência?

10.

Lá vou eu ocupando espaço na história de meu pai. Quem sabe, se tivesse ido além, o autor original teria percebido as muitas mudanças de meu comportamento.

Mas, quando me assumi adolescente, parei de querer chamar sua atenção e me aproximei das mulheres. Pela primeira vez fiquei tímida com os homens.

A fase dos namoros deve ter sido uma imitação de minhas colegas. Não devo dizer amigas. Porque fui aprendendo que eu não era igual a ninguém, e por isso ninguém dava conta de me entender. Na verdade, não me interessava pelos assuntos bobos das meninas, ainda mais quando descobri que, por trás, criticavam meus vestidos ou meu cabelo.

A mágoa de Carlinhos me fazia evitar os rapazes. O que me atraía nele era que eu gostaria de ser parecida. Uma pessoa que sabia se impor nos grupos. Foi então que conheci duas garotas que se tornaram mais próximas e de quem não vou dizer o nome.

Acho que merecem essa consideração, já que vou entregar o motivo meio torpe de nossa união. Além de representarem as duas maiores fofoqueiras que passaram pela minha vida, até mais dispostas ao disse me disse do que eu, logo começaram a concordar com a maioria de minhas opiniões.

Enfim, éramos o trio adversário da maioria na escola. As outras garotas temiam nosso deboche. Se me criticavam pelas costas, eu manifestava minhas depreciações sem muita censura e na hora, sempre obtendo o riso compensador de minhas partidárias.

Deve ter sido por essa época que Lauro começou este livro. Ele estava mais recolhido. Não me levava mais aos encontros com o pessoal de minha idade, nem ele nem mamãe, aliás. Eu tinha começado a sair sozinha. Os dois decidiram confiar em mim.

Revendo os acontecimentos, creio que meu pai teve uma crise de depressão. Ou de desinteresse pelo mundo. Posso imaginar que tenha voltado às suas meditações.

Sei que fiquei meio invisível para ele. Minha mãe me apertava para eu estudar. Estava se aproximando a época de encarar a faculdade, eu nem sabia que carreira gostaria de seguir. Ela me fez fazer testes vocacionais, que deram jornalismo, a profissão de minha tia. Não iria me enveredar pelo rádio, porque não tenho uma voz tão bonita quanto a dela. Tia Helena tem uma colega de profissão que fala de um jeito tão esganiçado e ridículo que eu e meu primo, talvez nos lembrando das brincadeiras de vovô Francisco, vivíamos imitando. Eu não queria provocar risos a cada vez que fosse ao ar. E gostaria de ter uma voz mais grave e que soasse mais enérgica. O que mais me incomodava era a aparência infantilizada, o ar de quem evitava crescer.

A moça que me aplicou o teste detectou que eu tinha dificuldades para me socializar, o que não era uma coisa boa para uma jornalista. Minha mãe decidiu que eu deveria fazer umas sessões de terapia. Meu pai foi o maior entusiasta. Talvez quisesse estar no meu lugar.

Pensei que eu deveria ser meio esquisita. Essa ideia se reforçava quando reparava no meu próprio pai. Então, com uma colega da moça do teste, no mesmo consultório mas na sala ao lado, experimentei uma psicoterapia.

11.

Nunca vi um outono tão curto, pois o inverno veio com tudo e antes da hora. Hoje, especialmente, o dia está muito cinzento, com um vento frio me incomodando o ouvido. Meu ouvido sempre inflamava na infância. A volta dessa dor antiga me faz pensar em momentos pouco felizes.

Lauro fala de suas dores de barriga, que minha avó Lídia cuidava com umas gotas que imaginei que continham ópio. Os remédios mais antigos tinham ópio em sua composição. Talvez isso explicasse a tendência de meu pai a, mais tarde, se sentir bem com as drogas.

Pois também não tenho nenhuma lembrança de quem me acudia com as gotas para o ouvido, nem se elas levavam tempo para fazer efeito. Apenas ficava muito irritada por causa da otite.

Essa explicação para o pretenso ópio no remédio de papai vai ver que se liga à minha experiência com a psicoterapeuta. Ela sempre buscava justificar certos comportamentos de seus pacientes por algum fato que aconteceu num passado bem remoto. A mulher não era tão jovem quanto a que me aplicara os testes e que achei muito mais simpática.

Começando a ficar grisalha, tinha um ar amalucado e despenteado, e foi minha mãe quem mais se interessou por ela. Hoje sei que não era uma profissional das mais ortodoxas. Era famosa pelas regressões a vidas passadas, que não usou comigo por eu ser então muito nova. Nina, minha mãe, esteve muito propensa a experimentar. Meu pai também pode ter se interessado.

Na sala de dona Teresinha tinha uma foto que eu pensei que era feita a partir de uma pintura do rosto de Cristo, mas depois aprendi que aquele era Maitreia, a futura encarnação de Buda, alguém que ainda ia aparecer na Terra. Achei que o pintor tinha confundido as religiões, pois o Buda lá de casa tinha aqueles olhos rasgados e, como meu pai registrou, era um orelhudo com cabelos encaracolados. Em outras imagens era um gordo careca e bonachão. Ninguém mais usava os cabelos compridos e a barba de Jesus, que foram moda na juventude de meu pai. Será que Maitreia iria nascer como um *hippie* fora de moda? Daquele jeitinho que algum artista imaginou, influenciado pela própria época?

Dona Teresinha gostava de me hipnotizar, e eu no começo resistia. Mas desisti da guerra contra ela. Assim que me afundava naquele sofá, e ela apagava a luz e deixava apenas uma lâmpada fraquinha abafada por um lenço vermelho, eu fingia que estava começando a dormir e a obedecer à voz da velha. Hoje em dia não a acharia tão velha.

Ela queria que eu voltasse à minha infância, e eu passei a inventar uma infância bem do interesse dela, em que eu só queria saber de meu pai e minha mãe era uma rival detestável. Nem imagino como acabaram nossas sessões. Talvez tenham ficado caras e demorassem muito para fazer algum efeito no meu comportamento. A razão não era me tornar mais sociável? Ou então comecei a criticar muito minha mãe, o que ela atribuiu à influência de dona Teresinha. O certo é que ela mesma desistiu de pesquisar suas vidas anteriores.

Quanto a mim, passei a achar que toda terapia, em maior ou menor grau, não passa de um grande chute. Mas ainda me impressiono como, em certos *shows* de mágicos, pessoas que não parecem estar fingindo se deixam hipnotizar com tanta facilidade.

12.

Se hoje voltasse a um terapeuta, apesar de minhas ressalvas à profissão, só teria um motivo. Não pretendo entender as dificuldades atuais ou por que me tornei esta pessoa, mas gostaria de saber por que me esqueço das coisas tão rapidamente.

Bem que outros temas me deixam curiosa. Aceito a presença de certos mistérios, incluindo a existência de Deus, e fico intrigada com os sonhos e as histórias fantásticas. Alguma coisa tenho em comum com meu pai, mas não sou atraída por extraterrestres ou espíritos do astral. E tenho um pé atrás com as religiões.

Há muita gente de minha geração que se voltou para alguma igreja, não entendo isso. Aliás, não sei se Lauro chegou a perceber como, à nossa volta, as pessoas foram se tornando tão belicosas, cheias de censura e raiva por quem tem ideias diferentes, principalmente políticas. Nesse aspecto, o mundo está cheio de Brunos e de seus adversários. Já me parece impossível ressuscitar as ideias de meu pai e minha mãe que acreditavam numa humanidade mais pacífica.

Entender o apelo da arte me interessa ainda mais pelo efeito contrário às tensões que as pessoas alimentam e afetam tudo em volta.

Os artistas têm acesso a uma área do inconsciente que a maioria não costuma visitar. Queria dar uma espiada no que acontece por lá. Seria bom saber pintar ou desenhar. Assim como meu pai escreveu sobre suas imagens, iria reproduzir as minhas, as que pudessem escapar desse esquecimento voraz.

Pois a jornalista que eu sou é capaz de revelar uma artista. Impossibilitada de dominar, como gostaria, as formas, as manchas, as pinceladas ou as linhas, me dou bem com as palavras. Depois desta experiência, gostaria de escrever sobre castelos, princesas, mundos fora deste mundo e, aparentemente, da minha história pessoal.

Li uma vez um romance conhecido, em que as pessoas começaram a se esquecer de tudo. Para se orientarem no dia a dia, decidiram pregar rótulos nas coisas com o nome de cada uma delas. Mas depois perderam a associação entre a palavra e o objeto que ela indicava. A passagem me impressionou. Passei a ter medo de caducar ou sofrer de Alzheimer.

O receio diminui quando imagino que, caso me aconteça, posso esquecer completamente quem eu sou. Lembranças não irão mais me atormentar. E estarei igualmente livre do peso do quotidiano e de suas relações. Sobretudo, não terei mais expectativas.

Enquanto isso, posso, nos rastros de meu pai, investigar meus sentimentos se desprendendo de momentos tão diferentes.

13.

Seguir os passos de Lauro leva a um terreno perigoso. Posso me perder no tal limbo ou no que ele descreveu como um corredor infindável de espelhos.

Deve ser terrível ser tragada para dentro de um espelho e ficar confinada ali dentro. Equivaleria a nunca acordar de um pesadelo. Mas a vida que a humanidade está escolhendo, todos nós cada vez mais sozinhos com nossos celulares, não é outro tipo de pesadelo? Melhor voltar, sem hesitar mais, à exploração do passado que partilhei com meu pai. Posso examinar outra peça do quebra-cabeça. Ela traz a imagem do irmão gêmeo.

Praticamente ainda não falei de tio Bruno. Talvez porque não significou muita coisa na minha infância, além de ser o pai do Chico. Sempre fui mais próxima da tia Helena. Bruno não ficava tão afastado quanto meu avô Bernardo, mas era principalmente o amigo de meu pai. E o cético que tanto o incomodava.

Fico pensando que devo ser uma intermediária entre os dois. Não tenho disposição para viver como crente, mas acho exagerado o ateísmo que Bruno sempre alardeou, provocando sobretudo minha mãe e minha avó Jane.

Meu tio não se mostrava disponível para dedicar seu tempo a uma menina. Ou não apreciava meu comportamento, minha mania de comandar e de influenciar seu filho.

A escolha de minha profissão não foi uma deliberada homenagem a tia Helena, mas a doçura e a atenção que ela sempre teve comigo podem ter agido subliminarmente. Ficamos ainda mais próximas.

Daí que só fui digna dos papos de meu tio depois que cheguei à universidade. Ele deve ter achado minha escolha melhor do que a de Chico. Nem eu entendi por que meu primo se enveredou pela área de gastronomia, se nem tinha gosto pela cozinha quando mais novo. Foi uma decepção para o pai dele. De repente, eu me tornava mais séria aos olhos de Bruno.

Na verdade, só percebi o quanto aquele homem podia ser sensível quando meu pai morreu. Tio Bruno não só sofreu como manifestou seu sofrimento. Emagreceu e se fechou em si mesmo. Foi difícil superar o mau humor com o mundo, uma rispidez que eu não conhecia e que sobrava principalmente para o filho dele. Descobri, então, que tia Helena tinha medo do marido. Foi minha mãe quem o enfrentou, defendendo o sobrinho da súbita má vontade do pai.

Um dia, Bruno me abraçou sem que eu esperasse. Falou que podia contar com ele quando sentisse falta de Lauro. Foi comigo até a biblioteca de papai, remexeu nos livros, abriu enciclopédias, coisas que acho completamente inúteis e difíceis de manusear, até que achou um volume comprido que mal cabia na estante. Estava quase perdendo as folhas, se soltando de tanto uso.

– O nosso atlas. Guarde com carinho – me pediu.

Pus no mesmo lugar, nunca mais o abri, com medo de que acabasse de se desmantelar. Só recentemente entendi a importância daqueles mapas para os gêmeos, muito mais fáceis de consultar na internet e geralmente atualizados quando abertos numa tela.

O mundo muda depressa, os objetos se desvalorizam, a história encontra outro rumo. Achei que meu tio, mais que todos nós, deveria saber disso. Mas ele estava sendo simpático, tentando armar uma ponte entre nós dois.

14.

Já fui além do texto de meu pai, passei a falar de coisas que ele não viveu, mas ainda relacionadas a ele. Procuro colorir mais o quadro, realçar uma planta ou uma nuvem no velho desenho do leque. É quando vejo a hora de falar mais de meu primo. Ele também cresceu.

Uma diferença entre nós é que não gosto de me aproximar das pessoas para que elas me beneficiem. Era estagiária num jornal, quando Chico, ainda sem ter concluído a faculdade, conseguiu o lugar de auxiliar de *chef* num restaurante. Para falar a verdade, nunca tinha experimentado a comida de meu primo.

Não pude ir ao jantar para o qual minha tia e minha mãe conseguiram arrastar o Bruno e do qual voltaram entusiasmadas e cheias de elogios. Meu tio não tinha nenhuma certeza se os pratos tinham mesmo sido preparados pelo filho, suspeita que partilhou comigo. Tia Helena, preocupada com nosso julgamento, fez com que ele repetisse a receita em família.

Mais uma vez não compareci, mas mamãe assegurou que ele tinha se saído bem. Era quase o mesmo sabor do restaurante, mas ela entendia ser praticamente impossível repetir um prato com o mesmo gosto, já que havia tantos imponderáveis a considerar, desde a qualidade dos ingredientes ao tempo de cozimento ou à temperatura do forno.

Pois Chico, já se achando uma estrela em potencial, passou a me atazanar para que eu conseguisse que o crítico gastronômico do jornal fosse até seu local de trabalho e lhe dedicasse uma de suas crônicas.

Mal conhecia de vista aquele senhor barrigudo e esnobe, mas tendo comentado com minha chefe o propósito de meu primo, ela achou aquilo perfeitamente natural e decidiu me apresentar ao fulano, um colaborador que pouco passava pela redação.

Ele foi simpático do jeito dele, apertou minha mão entre seus dedos gordos e ainda me piscou um olho antes de prometer um "deixa comigo".

Assim, o restaurante ganhou uma estrela em uma de suas avaliações algum tempo depois, e meu primo alçou um degrau a mais em sua carreira. Mereci dele um beijo na bochecha, enquanto refletia que meu favorito na infância tinha uma ambição desconcertante.

Para minha sorte, Dante Correia de Almeida raramente aparecia no jornal, o que me permitia fugir dele e dos recados que me deixava, convites para jantarmos juntos. Se tivesse me assediado antes, Chico e sua gastronomia ficariam sem elogios.

O pior é que, quando reclamei, não achou tão complicada minha situação.

– Se esse homem fosse meu chefe, tudo bem se eu dormisse com ele? – perguntei.

– Não vejo problema se ele fosse bom de sexo, inventasse uns programas interessantes e tivesse amigos legais que fosse bom conhecer.

– Nem se fosse lindo! Esse tipo de relação entre as pessoas me faz mal.

Chico me fez uma rápida massagem na nuca e tratou de escapulir para longe, antes que eu continuasse a reclamar.

15.

De vez em quando menciono minha mãe, quando falo de mais alguém. Ela ainda não teve coragem de ler o texto de papai, e não sei se devo lhe mostrar o meu.

Na terapia, fingia que ela me irritava quase todos os dias. Dona Teresinha me olhava com um olhar de sabida quando elogiava meu pai e dava um jeito de menosprezar Nina em minhas observações supostamente feitas em transe.

Tenho de admitir que não devo julgar todos os terapeutas com base naquela mulher meio sonsa e que acreditava ser capaz de hipnotizar os pacientes. Mas nesse ponto minha mãe não era tão diferente. Ela acreditava naquilo e na revelação de vidas passadas. Meu pai, meio desconfiado, tinha certa tendência a aceitar a segunda parte.

Eu fico entre meu pai e meu tio, a dúvida de um e a negação do outro. Reencarnação é demais para mim, mas respeito a ideia de que a morte não é o nosso fim. Não sonho com um paraíso, mas minha alma poderia vagar livre sentindo que Deus estaria por perto.

Nina, que eu saiba, não escreveu nada sobre ela mesma, daí que não a conheço tanto quanto sei a respeito de Lauro. Todos concordam que é uma profissional de sucesso, hoje pensando em se aposentar. Ao contrário de dona Teresinha, que já tinha jeito de velha antes do tempo, minha mãe tem uma aparência jovial e um corpo que ajuda, sempre magra. Não imagino se, quando chegar minha vez, continuarei magra, sem exibir os quilos que vêm com a idade.

Meu pai nunca pegou no meu pé, mas ela sempre foi exigente comigo. Ela me impeliu a ser dedicada em meus propósitos, primeiro na escola e hoje na profissão. Sinto que ela se orgulha de mim, ao contrário do que Bruno demonstra em relação a Chico, que, mais do que eu, corresponde ao caricato modelo do filho único egoísta.

Mas minha intenção é falar de Nina, que ainda vai à igreja, comunga e acha natural se confessar. Não me custa ter de fazer isso, quando ela me cobra, mas tenho a indisciplina espiritual de meu pai.

Imagino que minha mãe não vive muitos conflitos. Tanto coloca uma energia enorme no trabalho e em suas metas mais corriqueiras, quanto passa, tranquilamente, um final de semana absorta em um retiro. Em certas ocasiões, cultua seu Buda de pedra, oferecendo-lhe flores e incensos. Quando mais nova, entendia a careta de desprezo de tio Bruno quando a surpreendia naquelas meditações. Eu corria para outro lugar para mamãe não perceber que eu ria dela.

Adulta, além de refrear, com certa relutância, meu lado fofoqueiro, rio menos das situações que embaraçam outras pessoas. Vou me tornando socialmente mais aceitável.

16.

Vendo fotos antigas de minha mãe, posso ter uma boa ideia de quando foram tiradas, especialmente se começo a aparecer na sua história. Todos achamos que Nina estava muito bonita nas fotos do álbum em preto e branco de seu casamento. Lauro, apesar do ar emburrado e pouco à vontade, não está feio, mas a opinião geral é que a beleza de minha mãe se destacava na companhia do marido.

Ele não se preocupava, como ela, em parecer bonito. Nina nunca foi o quase desastre que eu fui na minha adolescência. Ela era uma adolescente bonitinha, mais gordinha quando criança, o que era absolutamente normal.

Eu tinha colegas do sexo masculino que olhavam minha mãe com certa indelicadeza, principalmente quando se detinham a examinar suas pernas. Eu poderia ter me valido disso nas minhas sessões de terapia, ter explorado com dona Teresinha minha inveja do corpo e da feminilidade de minha mãe.

Ou poderia justificar meus batons vermelhos e os penteados exóticos que chamavam a atenção para meus cabelos, já que eles e meu sorriso foram destacados por Lauro como sinais de uma beleza da qual, no fundo, eu duvidava. Aquela minha extravagância seria uma forma de seduzir meu pai. Explicação para tudo a gente arruma, principalmente depois de conviver com dona Teresinha.

Eu ria muito de minha mãe, junto com meu avô. Mas tínhamos de disfarçar nossos cochichos, porque ela costumava perceber. Felizmente, Nina se irritava mais com o sogro do que comigo. Só me dizia:

– Eu não sou boba, Isabel.

Não, nunca me pareceu boba. Era também bem-intencionada, mesmo que seu tempo fosse muito solicitado pelo trabalho. Já comentei que Nina e Lauro confiaram em mim quando decidiram que eu precisava de mais autonomia. Com certeza, foi uma ótima atitude.

Mas, então, vários anos decorridos, falando sobre mim e meus pais, me vejo de volta aos meus encontros com dona Teresinha. Não estou no seu consultório, mas diante de um *notebook*, refletindo sobre a vida familiar. Ela não está mais à minha frente, mas bem atrás de mim. Até imagino o bafo de sua respiração em minha nuca. A velha psicóloga não precisa dizer nada para eu entender e admitir finalmente que ela me hipnotizava às vezes.

É que esqueço. E já esquecia assim que abria os olhos naquela penumbra avermelhada que ela armava para mim. Havia a sensação de que eu estava ali e ao mesmo tempo não estava. Depois vinha um pressentimento vago de que algo inesperado tinha acontecido, à revelia de minha vontade.

Hoje me assusta imaginar que coisas ela soube de mim sem eu ter percebido. É bem provável que ela sabia quando eu estava representando ou não. Mas sempre é tarde para mim. Não adianta eu procurar minha terapeuta alternativa e tentar obrigá-la a dizer tudo que descobriu a meu respeito. É mais do que certo que deve ter esquecido.

17.

A revelação que acaba de surgir do nada é uma surpresa, não propriamente um choque. Não é tão insuportável perceber que fomos feitos de bobo, quando imaginávamos o contrário. Quanta presunção a minha de acreditar que fazia gato e sapato de dona Teresinha!

Sigo em frente, porque quero provar a meu pai que estava errado quando achou que fosse preferível ser pai do Chico e não meu.

Faço um trabalho parecido com o dele, quando escrevia cartas para os clientes de um banco. Assino reportagens e até artigos na imprensa, embora não seja nenhuma celebridade no meio. É que, com o tempo, passei a ter certa repugnância em chamar a atenção sobre mim, enquanto meu primo adoraria participar desses *reality shows* sobre culinária que já vêm cansando o interesse dos espectadores, pelo menos o meu.

Desejo, de verdade, que Chico tenha um restaurante com clientes fiéis, proporcionando prazer àqueles que se deixam seduzir por sua comida, e que continue gostando de repetir suas receitas por anos a fio.

De volta a mim, nunca pensei que estreasse na literatura com a metade de um livro, em que introduzi minhas memórias tão precoces, mas é como se meu pai tivesse me desafiado, já que detesto tarefas inacabadas.

Talvez corra para dar cabo desta, acostumada a cobrir prazos exíguos, criando sempre textos mais curtos e contando o número de palavras. Mas não preciso cair na armadilha de meus hábitos.

Quero falar mais um pouco do Pai Francisco, que continua querendo atenção. Ele me parece ainda um enigma, a fonte primitiva de nossa solidão. Meu avô, obviamente, não era nenhum boneco desengonçado.

18.

O inverno que apareceu antes da hora me lembra a velhice de vovô, cada vez mais friorento, com seu cachecol e suas meias de lã. Tinha se tornado um viúvo que gostava de ficar quieto, ouvindo músicas no rádio ou as que papai punha para ele escutar.

Há um bom tempo não me interessavam mais as músicas de roda. A alegria das velhas cantigas barulhentas, histriônicas, tinha sido nosso elo, mas ele visivelmente tinha se esquecido delas. Aquelas audições sonolentas e sombrias não me traziam nenhum prazer.

Chico era mais paciente do que eu e não se importava de ficar escutando rádio com nosso avô. E de mãos dadas. Ele passou a gostar de segurar nossas mãos e não querer soltar. Eu ficava aflita, me desvencilhava e arrumava outra coisa para fazer.

Então ia mexer nas coisas de minha avó. Um dos armários da casa tinha gavetas cheias de caixinhas com bibelôs. Os bibelôs que ela não exibia, com medo de que nós os quebrássemos, pois eram muito frágeis. Tinham então qualquer coisa de proibido, escondidos de minhas mãos e de meus olhos.

Meu pai, possivelmente, poderia enumerar cada um. Eu nem sei se eles existiam mesmo, se não passam de uma fantasia ou um híbrido de imaginação e restos da realidade. Jarrinhas, pastores, carneirinhos, eram umas figuras assim que vovô dizia ter sido herança da avó de Lídia.

Eu não herdei essas bugigangas, sei lá que fim tiveram. Tentam fugir do meu cemitério das imagens esquecidas. Acho que tinha um chinelinho, ou talvez um tamanco. Era azul e não tinha par. O calçado de louça me deixava aflita, porque eu queria que todas as coisas tivessem par. Os brincos, as luvas, os sapatos, principalmente.

Sozinhos, lembravam-me uma orelha ou um membro amputado. Meu avô viúvo lá na sala agarrado à mão de Chico era muito parecido com o tamanco fragilíssimo que eu retirava de sua caixinha de papelão já desbotada e manchada, forrada com um algodão amarelado de velhice.

– Vou acender a luz, vovô – Chico sempre iluminava o abajur ao lado da poltrona em que Francisco invariavelmente se sentava no escuro, puxando uma cadeira para perto, já oferecendo sua mão para que permanecesse uma eternidade entrelaçada aos dedos de nosso avô.

Quando os olhava, não sentia ciúme. Pode ser que eu desejasse que minha avó estivesse viva e brincasse comigo com aquelas miniaturas de um tempo tão antigo. Eu podia ainda fugir para a outra casa e ficar com minha avó sobrevivente, que era animada e logo me levava para a cozinha. A cozinha a que Chico nunca tinha acesso. Será que ele tinha inveja de minha relação exclusiva com a vó Jane? Foi por causa disso que resolveu seguir aquela profissão?

Então vovô morreu, e papai deixou que fôssemos ao enterro. Uma experiência diferente da morte de vó Lídia, que simplesmente desapareceu de nossos olhos, nunca mais nos visitando.

Diz meu pai que nós jogamos flores sobre o caixão de vô Francisco, antes que a terra o escondesse. Deve ser verdade.

19.

Entre as atividades que ocuparam a atenção de minha mãe depois da viuvez, além da retomada de suas meditações, houve um curso de tarô. Acho que ela queria entender melhor sua condição de seguir adiante sem seu parceiro.

Não procurou ajuda de nenhum colega de dona Teresinha, mas de início voltou a se ocupar do *I Ching*, aquele livro de linguagem cifrada, ao qual nos velhos tempos propunha perguntas usando umas moedas de aspecto chinês e acendendo um incenso para favorecer sua concentração.

Quando mais nova, tive meu momento de curiosidade em relação ao *I Ching*, mas as respostas que mamãe lia para minhas perguntas me pareciam muito vagas e logo me desinteressei. Com o tempo, ela também foi deixando o hábito e até perdeu suas falsas moedas chinesas, que vinham dentro de um saquinho plástico, pregadas no exemplar que ela comprou.

Papai deu a ela um outro livro. Parecia uma edição mais completa, só que com a redação ainda mais confusa, pois me lembro da reclamação que ela fez na época. Assim, ficou anos sem consultar o livro que deveria lhe dar conselhos em momentos importantes de sua vida.

Viúva, resolveu voltar com o ritual, embora o simplificasse. Ainda usava o incenso, mas recorria a três moedinhas ordinárias, orientando-se pela face ou seu reverso, espécie de cara ou coroa. Depois traçava num bloquinho uma sequência de linhas muito parecidas e ia olhar o significado, voltando ao livro, de preferência o antigo, que costumava confrontar com o outro.

O *I Ching*, mesmo em duas versões, não bastou. O que ela queria saber se esconderia em outra linguagem, daí que minha mãe tentou ser uma cartomante. Para frequentar o curso, comprou aquele baralho colorido, com impressões de desenhos de aparência medieval, identificado como o Tarô de Marselha. Haveria também um tarô egípcio e um cigano. O cigano me parecia mais plausível ou mais próximo, pois mulheres que se diziam ciganas se estabeleciam em endereços provisórios na cidade, exercendo aquele ofício de interrogar o futuro.

Minha mãe é meio avessa aos símbolos, acho que logo vai desistir de dominar esse jogo, tão mais complicado do que o livro das mutações, que é um apelido do *I Ching*. Imagino quando vai procurar um jogador de búzios, uma mãe de santo ou uma cartomante mais experimentada.

Será que quer ouvir a voz de meu pai depois da morte? Então por que não leu ainda a primeira parte de nosso livro a quatro mãos? Creio que ela nunca terá coragem de me convidar para irmos juntas a um centro espírita para que algum médium nos comunique um recado de Lauro.

Ele deixou para quem viesse a lê-lo esta narrativa volátil, acúmulo de imagens se sucedendo, mas talvez não quisesse nos comunicar nada que fosse definitivo, pois preferia manter sem explicação os mistérios que andou abordando. A graça, o impacto do mistério, persiste em permanecer inalcançável. Acho que já venho penetrando na linguagem de meu pai.

Se nada revelou de seu interesse pelos baralhos esotéricos, partilhou com Nina do culto ao *I Ching*, o que aguça minha curiosidade. Não vou pedir à minha mãe que me acenda uma varinha que se transforma, ao se queimar, em fumaça perfumada. Nem que me empreste três moedinhas ou me ensine a traçar as linhas correspondentes à soma de valores obtida quando as moedas são lançadas.

Minha paciência sempre é insuficiente, mas posso consultar as informações do computador via *Google*. Não sei se a máquina pode jogar por mim, mas aprendo que cada série combinatória daquelas linhas chama-se hexagrama, porque contém seis linhas. Estranho o número seis, pois sempre associamos a magia ao número sete.

Meu próximo capítulo será uma consulta que vou fazer a ele, à minha maneira e com ajuda do computador. Penso que meu pai poderia agir assim. Ou não, ele não pretendia escrever sobre o futuro.

20.

Não dou ao passado a mesma atenção que Lauro, porque me preocupa o presente. Gostaria de ter mais claro o motivo pelo qual continuo escrevendo este livro. No começo, era um acerto de contas entre filha e pai, uma reação à maneira como fui caracterizada. Queria, como já disse, completar o quadro que ele esboçou, trazendo o foco sobre figuras que me pareciam desperdiçadas pela falta de atenção de Lauro.

A esta altura, as coisas não são mais tão simples, pois o filme de minha vida, inscrito na história de meu pai, passou a me surpreender. Minha questão, portanto, é entender melhor a necessidade deste livro a quatro mãos. Só tenho de descobrir como posso perguntar isso ao *I Ching* e encontrar o hexagrama certo entre outros tão parecidos.

Eu me recordo que minha mãe falava de linhas móveis ou fixas; as móveis, ao levar a um segundo hexagrama, preparavam o futuro, que, nem para mim nem para meu pai, é tão importante. Por isso tive uma intuição para simplificar a busca do resultado que eu quero. Este é o vigésimo capítulo. Imagino que a resposta está no hexagrama 20, fácil de achar entre as informações da internet.

Com o desenho de duas linhas inteiras sobre quatro linhas quebradas, o hexagrama 20 lembra um portal ou mesmo a representação de um Arco do Triunfo. Ele é chamado de "observado de longe", naquele estilo enviesado do livro, nome que não me diz muita coisa.

Mas depois um comentário explica que uma pessoa deu um passo em direção a algo e se detém para observar em torno, a si própria e talvez aos circundantes, antes de prosseguir. Diz também que há hesitação em ir adiante, compensada por uma receptividade para acolher o que vier, mas com a possibilidade de tudo se desmanchar antes de se completar.

Diz mais, que o sujeito da consulta não pode ser considerado isoladamente, mas em função de alguém que escolheu como modelo e deseja seguir. Arremata o texto que a previsão para por aí, sem prognósticos sobre o desfecho da situação. Apenas descreve um momento de expectativa.

Do mesmo modo como o *Google* explica habitualmente minhas dúvidas, vejo que o *I Ching* eletrônico me forneceu uma resposta bastante pertinente.

Será que vou, daqui para frente, imitar minha mãe e aprender a interrogar o Livro das Mutações da forma como se costuma usar? Não é meu jeito, não devo e não vou repetir. Não podemos abusar do que raramente entendemos.

21.

Meu tio Bruno poderia ser um antídoto para minha repentina necessidade de fugir do real, influência tanto de mamãe quanto de meu falecido pai. Perguntei a ele o que achava das coincidências. Esperava que fosse negá-las, mas disse que respeitava o destino. Ao admitir um destino preexistente, já não era tão diferente de seu irmão gêmeo.

Talvez, se quisesse ir adiante, o chateasse com outra questão: se Deus, ou sua vontade, não substituía a fatalidade inevitável. São dois caminhos que nos ajudam a aceitar fatos que é impossível explicar, tais como a morte e a duração da vida.

Cheguei à conclusão de que a perda do irmão afetou em muito suas crenças quando o vi se submetendo a ser cobaia de minha mãe, ela pondo cartas para ele. Quando tia Helena fez a mesma coisa, não estranhei. Grande parte das mulheres se deixa levar principalmente pela curiosidade. Mas o pai de Chico parecia tão interessado no jogo!

Será que minha mãe entendia aquela combinação de cartas que fazia o cunhado cortar e colocar diante dela? Mais provável que seus esforços não chegassem muito longe. E os mistérios permaneceriam.

Eu seria muito tola se negasse a existência do que não vejo ou controlo. Por isso, posso dar o devido aval aos que, como Lauro, se deixam atingir pela comoção diante do espaço imenso com suas estrelas e todos os corpos que se deslocam pelo céu.

Longe de mim procurar objetos voadores ou marcianos e equivalentes. Vão continuar na esfera das possibilidades. Eu não me vejo trabalhando como jornalista especializada em assuntos esotéricos. Talvez Nina, se tivesse feito os mesmos estudos que eu, teria enveredado por aí. Mas prefiro minha mãe com sua dualidade, os pés plantados no chão e as mãos embaralhando cartas de papel plastificado. Chegou o tempo que eu não rio mais dela, mesmo porque perdi o aval de Francisco.

Pena que meu pai não tenha compartilhado comigo a cena em que seu irmão se rendeu ao Tarô. Entre as imagens que comandavam seus capítulos, ele poderia usar a de uma dessas cartas.

22.

Lá vou eu, de novo, imitando descaradamente o modo de meu pai escrever. Não vou fechar os olhos e esperar uma imagem se sobrepor às outras, pescadas do lodo de sua memória. Ou no caso, da minha. Passo a escrever sobre uma imagem mais fortuita, uma carta de baralho.

Vou repetir o método que criei com o *I Ching*. Este é o capítulo 22, que deve corresponder à carta ou ao arcano 22. Portanto, a imagem escolhida se refere, mais uma vez, ao presente.

Não tenho muita certeza, mas a vaga crença de que a palavra arcano designa um mistério. O Tarô inclui as cartas normais de um baralho e compreende setenta e tantas possibilidades visuais, já me confundo com o total. Abrange os arcanos maiores e menores. Esses últimos se referem às cartas e aos naipes que habitualmente usamos para jogar, apostando, passando tempo ou nos divertindo.

Os arcanos maiores, mais relevantes, são 22. Então, o último corresponde a este capítulo, só não vai encerrar minha narrativa. Tenho mais uma coisa ou outra a dizer, e um arcano menor corresponderá à minha última cartada.

Minha consulta à internet diz que o 22 é também o zero em muitas versões do tarô. Em algumas, a carta nem tem número.

A interpretação que o acaso me oferece fala do filho pródigo e da experiência de ultrapassar limites, mas também de admiração, saudade, inconsciência e alienação. A última carta tanto pode ser chamada de "O retorno" como de "O louco".

Ela mostra alguém desorientado, que acabou de cumprir uma jornada. Realizou sua tarefa, não quer mais saber do passado, só não sabe para onde ir. Mostra que você – que consultou o baralho – construiu uma base que, se não lhe servirá mais, traz elementos para compor uma nova. Quer dizer, você aprendeu o que queria aprender.

Outras possibilidades interpretativas falam de irresponsabilidade e inocência, alertando contra a credulidade e a temeridade, o delírio e a extravagância. A simultaneidade de numeração, o 22 e o zero, assinala a mudança de um ciclo.

Quando aprendemos o que tínhamos de aprender é tempo de recomeçar, com a incerteza sobre o que vai acontecer. É uma carta que não traz estabilidade, mas favorece os desafios e a exploração de domínios em que antes você não se arriscava a se aventurar.

Será que sempre as cartas nos dirão algo que queríamos ouvir? Tanto como o hexagrama em relação ao vigésimo, o arcano cabe na situação deste capítulo. Posso enquadrar, nessa gama de sugestões, o final próximo deste livro.

23.

No início de sua narrativa, Lauro escreveu uma espécie de prólogo, que chamou de "Definindo o começo". Eu me proponho um contraponto e farei o "Antes de terminar", mas, como os meus capítulos têm apenas números, ele passa a ser, simplesmente, o 23.

Não importa se há um hexagrama ou um arcano menor correspondentes. Papai, por mais místico que fosse seu temperamento, nunca abriu a guarda para a superstição. Hora de deixar de perseguir a curiosidade de minha mãe sobre os oráculos.

Mas me vejo mais aberta à visão do mundo de meus pais. Um exemplo: admito que posso, caso surja a situação, experimentar de novo a hipnose. Só não seria com dona Teresinha.

Esse tempo escrevendo determinou um isolamento que já me incomoda. A experiência está acabando, preciso encontrar uma nova aventura para entreter o louco, imagem que me coube, representado na figura de um andarilho, às voltas com um cachorro que quer rasgar suas calças.

Talvez tenha mostrado por aqui um bom pedaço de mim, mas não tanto quanto fez Lauro. Nunca disse tudo. Além de fofoqueira, sou dissimulada.

Uma última olhada à tela do computador, que reabri para rever a figura do andarilho, chama o louco de "o não iniciado". Nem tinha reparado antes. O que isso pode significar no meu caso? Certamente, em relação ao meu parceiro, autor das primeiras páginas deste livro, é insinuado que não soube me entregar tanto aos mistérios do passado, às revelações da memória.

Meu pai estava pronto para desafiar sua loucura, eu tergiversei. Ele não concluiu seu trabalho, mas chegou a um ponto em que ouviu o barulho de criaturas com asas que identificou como anjos. Talvez tenha tido experiências com o filme de sua vida, uma consciente antecipação de sua morte, que tornaram dispensável a vontade de ir adiante na tarefa.

24.

Imagino o que Lauro pensaria do que estou terminando de fazer. Prefiro supor que aprovaria minha atitude. Assumi a condição de herdeira. Levei adiante as palavras de meu predecessor. O pai gostaria de saber que a filha é uma escritora, e ele não estrearia, mesmo a quatro mãos, se não fosse por meu empenho.

Chega a hora de encarar o fim. Não sei se devo pedir desculpas. A Lauro e aos demais que eu possa ter melindrado. Quem atravessa o caminho alheio fica exposto a julgamentos pouco generosos. No meu caso, ainda padeço de certo humor ácido e que evitei usar mais aqui.

Vou colocar a última peça do *puzzle*. Quando mencionou um quebra-cabeça, Lauro recordava a cena infantil dos cachorrinhos curiosos. Curiosos como você, nosso leitor, que pôs a cara dentro da história desta família quase comum e conseguiu chegar até aqui, junto comigo.

Talvez eu não tenha aproveitado a imagem de outro jogo de encaixe: aquele que para meu pai era um castelo de contos de fadas e para mim qualquer outra coisa.

Mas não dispenso a ideia. Reservo para meu próximo livro. A exploração de um mundo bem menos real. Vou começar não com o tal castelo, que até poderá ser mencionado, mas com a descrição de um penhasco, vento e neblina.

Na ilha mais distante do mundo, a ilha de que ninguém se lembra que possa existir, um homem solitário caminha na praia. O mar vai depositando sua espuma na areia bem perto de seus pés. Entre ele e o resto da ilha, existe um paredão de pedra. Meu personagem não se dá conta de que, lá do alto, alguém o observa.

É uma garotinha, de olhos de uma cor estranha, quase dourada. Seu nome é Maria.

[2019]

Esta obra foi composta em Fournier e Adelle
sobre papel Pólen Bold 70 g/m² para
a Quixote+Do Editoras Associadas.

MISTO
Papel proveniente de
fontes responsáveis
FSC
www.fsc.org
FSC® C092828

PRINTED WITH
SOY INK®